谨以此书献给

患难与共、相濡以沫的妻子余水娥女士

山泉流向远方

吴振华◎著

安徽师范大学出版社
ANHUI NORMAL UNIVERSITY PRESS
·芜湖·

图书在版编目(CIP)数据

山泉流向远方 / 吴振华著. — 芜湖 : 安徽师范大学出版社, 2022.12
ISBN 978-7-5676-5655-0

Ⅰ. ①山… Ⅱ. ①吴… Ⅲ. ①散文集—中国—当代 Ⅳ. ①I267

中国版本图书馆CIP数据核字(2022)第207890号

山泉流向远方　　吴振华◎著

SHANQUAN LIUXIANG YUANFANG

责任编辑: 李克非　　责任校对: 童　睿
装帧设计: 张　玲　　责任印制: 桑国磊
出版发行: 安徽师范大学出版社
安徽省芜湖市北京东路1号安徽师范大学赭山校区
网　　址: http://www.ahnupress.com/
发 行 部: 0553-3883578　5910327　5910310(传真)
印　　刷: 苏州市古得堡数码印刷有限公司
版　　次: 2022年12月第1版
印　　次: 2022年12月第1次印刷
规　　格: 700 mm×1000 mm　1/16
印　　张: 13
字　　数: 200千字
书　　号: ISBN 978-7-5676-5655-0
定　　价: 39.00元

生活之花在巴茅草和红刺果间决然绽放

——序《山泉流向远方》

方维保

我的同事吴振华教授，是一位深耕唐代文学多年的学者。但他天生就是一个多面手，在做学问之余，痴情于散文创作。而且，创作越来越勤奋，大约是2016年，他就出版了散文集《遥远的青沙滩》。关于那部散文集，我记忆犹新。这次，他在去乌克兰之前，又要我为他的这部《山泉流向远方》作序，我是死活不干，一则担心我说话把握不住节奏，伤害了多年兄弟的颜面，二则上次就已经“序”过一回，把资源消耗得差不多了，这次一时不知从何说起，而且，我断没有把“序”包圆的道理。但是，最终还是经受不住远在乌克兰的振华兄的软硬兼施，应了下来。于是，就把《山泉流向远方》细细读来，读着读着就有了“不虚此行”的感觉，不但振华兄的行文风格发生了很大的变化，而且将《遥远的青沙滩》中很多“犹抱琵琶半遮面”的东西，都直接现于笔端，饱含深情地一一道来。

这部《山泉流向远方》在我看来，大致有三个特点：

首先，充分的诗化的叙述。《遥远的青沙滩》是一部以叙事见长的散文集，但这部《山泉流向远方》的行文风格发生了巨变，在几乎全部篇目中，很少再看见细致入微的叙事了，而是几乎篇篇都是散文诗或诗化的散文了。《瀑布》的结尾有一首歌词《月光下我想对你说》；《卧听松涛》豪放、超迈的诗意；《竹林清韵》中的故乡风景，文人情怀，隐逸之乐，耆老心态；《仲夏夜的风》，做了首同题诗，类莎士比亚风的新诗，风景总在旧时山水，山村人家，从未现于现代都市；《早晨》《晚霞》《月夜》皆为纯粹的散文诗，或者就是诗歌；《叶语》是陈叶与新叶的对话；《霾》以第一人称“我”的口吻说雾霾；《藤》以第一人称“我”的口吻说“藤”；而《晴岚赋》是比较正形的赋体；《寒蝉赋》依然是赋，但只能是小赋，近乎“辞”。在振华兄的诗作中，新旧两种诗歌文体都有；新诗中，诗与歌词也都有。而且，新旧杂糅。比如《枇杷晚韵香》这一组诗，主体是新诗，又杂糅着旧体诗——诗曰：/高飞朱雀天风浪，/一片白帆欲远航。/野火流星芳草地，/时间树隔水云长。/闻钟子夜临窗口，/苦雨甜行入梦乡。/缘定此生应有份？/畅园曲美满馨香。

其次，这部《山泉流向远方》堪称“童话”大全。我所说的童话，不是儿童读的那些幻想文本，而是饱含童心的创作。明末李贽倡导童心说，我想大概就是为振华兄量身定制的。无论是《早晨》《晚霞》《月夜》还是《叶语》，都构建了一个童话般纯净的自然和人文。环境如晨雾薄纱般纯粹透明，以至于给我以今夕何夕的错觉，而那都不过是记忆的造物。“记忆，甜蜜芬芳的记忆，就像过滤了杂质后的水中倒影，是一个个‘好的故事’，比那美物本身更加纯净高贵，耐人寻味。”这是他在《倒影》中的坦白。我知道这种所谓“纯粹”可能是他对过往伤痛有意过滤的结果，也可能恰恰就是他现在闲适生活状态的情感外溢。

最后，带有寓言特色的人生大道理的讲述。童话有时候特别容易变成寓言，在很多时候童话和寓言的界限是模糊的，就像在儿时父母经常拿《农夫与蛇》这样的寓言当童话讲给我们听一样。与《遥远的青沙滩》的以讲故事见长不同，这部《山泉流向远方》特别喜欢表达人生经验，做深沉思考，而这些所谓“思考”又大多由儒家经典语录转化而来。比如《风来草偃》思考“草”“风”，《人生境界》专门谈论富人，《人生嗜好》谈论好书，《万柳胜境》谈论富人之德和冯溥的万柳园，《生命的色彩》思考对“赤色”的崇拜，《卧听松涛》表白自己更爱“松的铮铮铁骨无畏精神”。在这些痛说自己人生经验的篇目中，有两点值得注意，一是振华兄所说的人生经验，基本都是旧时乡村生活的经验，从未见到他说自己的都市生活经验；同时，他所痛说的人间道理，也都是中国古时的道理，从未见到他说有外国的道理，当然，他也偶然说到古希腊罗马，但那史实却并不是很准确。再就是他所痛说的人生道理中，有着一种很自然的“崇高”崇拜，并由此而进入对时代符号的赞颂。

在文学创作中，创作主体对文体的选择，往往是与年龄相关的。比如五四时代的青年作家大多选择抒情散文和诗歌及抒情小说，而鲁迅则选择了泣血的现实主义小说和杂文及晦涩到极致的象征体《野草》。因为那时的鲁迅就已经不年轻了。其实，古代文学中也不乏这样的例子。所谓倚老卖老，就豁达了自由了。男人到了一定的岁数，看穿了世事，也就抖落了岁月的尘沙，而变成了儿童，所以，振华兄才会写了那么多的纯粹到令人嫉妒的童话式的诗歌。当然，还有一种情况，就如同孔夫子一样，面对着年轻的徒儿，年长的师傅又免不了要“卖弄”自己的人生经验。有时候尽管絮絮叨叨如《大话西游》中的“啰唆鬼”唐僧一般，但经验太多，不说总是憋着慌。更何况从年轻的徒儿的角度，那确实是人生经验呢。更当然，因为到了一定的岁数，就看透了人生，所以在年轻时候需要遮遮掩掩的东西，就不要遮掩了，说出来又怎样。在《遥远的青沙滩》中，除了写到与妻子的缠绵外，其他都只是点到为止。而这部中的《枇杷晚韵香》则直接在小序中讲述了当年恋人的名姓，并且充斥着类似于《红楼梦》式的场景隐喻。文学贵在隐晦，文辞显露，有伤文学之美。

我给振华兄的这部文集写序，拖了很长的时间，从炎热的夏天直到寒冷的冬季。中间各种工作和令人烦躁的事务，令承诺一直延期，几近信用破产，终于在阳历年末，涂抹了出来。远在乌克兰清凉的空气中散步的振华兄，我不知道看到这部序情绪会是如何，是惊喜还是沮丧，隔着千山万水，我看不到表情。好在序也如振华兄的美文一样，自有自己的命运，一旦成文，就如法国哲学家罗兰·巴托所说“作者死了”。写到这里，我无缘无故眼前浮现出乡下的茅草、椿树、喇叭花、狗尾巴花，深红色的刺果，以及深藏在刺窠里的即将凋谢的无名小花朵，我好想去摘，但又怕被刺着手。于是，就给这个序想出如上的题目，见笑。

最后，遥祝远在乌克兰的振华兄，吃好喝好，身体健康，事事如意。

是为序。

2021年12月6日于芜湖

（方维保：安徽省作家协会副主席，安徽师范大学文学院教授、博士生导师）

目　录

山泉流向远方

目　录

山

好一列青色的长山！——青色的围墙。

山里，缀着村子，那是我的故乡；村里有一个人，那是我的爷爷。山有性格，有情感，和日子做着永不疲倦的游戏。

春天从东方飞来。大树小树，高草矮草，一片葱绿。山花点点，万紫千红。娇嫩的朝阳，在露珠里挥舞着光芒，鸟儿坐在有花有水的地方，尽情地歌唱……

爷爷牵着我和我们的牛，走在山中。

“爷爷，您看，山笑了！”

“嗯，不错。”他点着大山一般的头。银须飘拂，眼里流出两道山泉。

山也会做梦。当夏天的最后一撮夕阳在斑驳的古木板墙上熄灭，那深邃苍蓝的山岚便从峡谷中袅袅升起。山衔着一轮好月，把夜色驮进了山中。土场上，点着几堆牛粪，烟雾里泛着青草的芳香，神秘凄厉的山鬼从爷爷的缺牙洞里走出来了，四周的夜空顿时充满神秘的恐怖。爷爷摇着破芭蕉扇，老牛在旁边反刍，悠闲地把尾巴甩得很响。

“爷爷，再讲一个山鬼的故事吧？”

“这是最后一个了，孩子，山要睡了，吵了山的梦是不吉利的。”

当我们吃光了最后一颗山果，秋天就在山中落巢了。她像北归的雁，清厉厉的叫声惊裂了寥廓霜天。万点红叶像时间一样飘落，默默地随流水远去。山风开始日夜号叫。夜里，爷爷总是提着长管猎枪，倚着古松，在幽石上，坐听山啸。

“这是山在哭。”他总沉默着。也许他所有的伤心事都凝结在秋天吧。

凄厉的山风，如泣如诉，仿佛倾吐亿万年的悲伤。终于，爷爷也跟着长啸起来

——雪花沉默着。

埋葬了所有的落叶落花，吞噬了所有的色彩，也覆盖了爷爷的新坟。又一个故事结束了，而日子是不会结束呀。

山啊，你这时在想什么?

我们祖祖辈辈生活的山啊，难道你仅仅是我们的起点和归宿吗?

山外的潮汐，汹涌澎湃，冲击着这长长的青山。

围墙在崩溃……沿着那歪歪斜斜的石级，我们要走出群山的围困。

生在山中，希望在山外。

泉

也许经过亿万年的积淀，融化千年之雪，吮吸百年之雨，含蕴四季烟云，大山的心腹深处孕育了你的生命——泉。

穿过黑暗的岩层，挤过崎岖的缝隙，汩汩地，涔涔地，莹光闪闪地，你走出了地面，来到了人间。

“叮咚，叮咚……”从苍黑的岩壁下，从缠绕的荆棘里，从甜润的草根中，你默默地渗透，不懈地前行。沿途收聚松针、竹叶、草尖的清露，溶汇枯枝断叶上的霜花残雪，你终于积成了蓝汪汪、亮晶晶的一潭，如一颗明珠镶嵌在大山的心脏，日月星辰都投下倩影，你一概涵蕴，你历炼成了珍珠泉。

红杉参天，凤尾萧萧，为你竖起绿色的屏障；香茅高扬青色的柔条，为你打扫天空；花蜘蛛在藤萝之间编织绢丝网，为你驱逐可恶的飞虫；潭边岩穴下，紫蟹露出洁净的小足；晶莹的石斑鱼和透亮的米虾，陪你在空明的水晶中散步；幽兰躲在茂密的柴草中，将你的肌肤染得芬芳袭人。是兰根浸泉而香呢？还是泉吸兰香而甜？“上善若水”，因为初始的生命之泉本质上是纯真和雅洁。

有一天，一群花蝴蝶从山外飞来泉边歇息，告诉你：“山外百花盛开，粉的如霞，红的似火，白的胜雪，到处是五彩缤纷的鲜花的海洋……”你动心了，决心嫁出山外。

嫩嘴的灰山雀，红喙的高腿鹳，丰满的凤尾雉，急忙来阻拦：“你千万不能去，前面就是悬崖峭壁，而你又这样娇嫩!”

你并不理会，你自有主见，你积聚所有的力量，纵身一跃，飞流直下，在苍翠的石壁上，在霞光月色的映照中，成为一道倒挂的闪亮银河。海风千年，江月万古，你银铃般的笑声，穿透风雨的墙，穿透时间的雾，将甜美的歌声永远回荡在母亲的心间。勇敢的你，唱出了壮丽的生命之歌，成就了珍珠飞瀑的奇观！

收拾撞击后的片片音符，你重新组合成一条清澈透亮、欢快奔腾的小溪，给两岸送去绿色的生机，浇灌一片又一片开花的土地……

你惊奇地发现：由泉长大的小溪，成千上万的都汇入一条名叫“长江”的大河，沿岸串起一座座明星的城市，璀璨的夜空和绚丽的街灯用温暖的柔情挽留你，你也实在该休息了，这儿的天空、土地、楼群、花朵，每时每刻都需要你，你成了整个城市的魂，晶莹的魂。但你含情脉脉地告别，又踏上了征程。

你到底去哪儿呢？前面就是天的尽头。你说：“我要去那像天空一样广阔的大海，那里是我的归宿。”啊！原来你是海的女儿！你走完了生命的全程，回到你真正的故乡，沿途创造出无数的辉煌。“止于至善”，你用生命滋润了整个宇宙！

啊！美丽的生命之泉！

春　晨

春雨久久不歇后的骄阳。

雨云久久不散后的蓝天。

沉闷久久不去后的白风。

我走向早春的河边。

初涨而丰盈的清波，闪亮而甜润的低唱。水灵灵的歌声。

我坐在河边光洁而圆滑的红石板上，微微的水气向我飘来，仿佛十里之外飘来一丝醇醪的芳馨，仿佛刚沐浴的少女肩头飘来一缕淡淡的清香。湿湿的，柔柔的，甜甜的。春天甘美的呼吸，分明向我脸上扑来。我好像跟春天接了个吻。

我躺在河坝下的两块石头上，许多嫩嫩的绿枝，胖囡囡的小手一般，精神抖擞地伸过我的脸。我睁开了眼，她们的英姿一直映到有点晃眼的蓝天上。蓝天上的一片绿叶，蓝天上的一横青枝。

我翻了个身，水里摇漾着藻荇，油油的碧光，水光闪闪的秀气，清亮清亮的柔波里有她们的倒影。风儿在吹，水儿在皱，叶儿在晃，影儿在漾。水里凸起好些青色的石头，像竹林里的春笋似的新鲜，生长在一碧儿的波纹中，周身都是水草。鱼儿的窝窝。鱼戏草叶东，鱼戏草叶西，鱼戏草叶南，鱼戏草叶北……

我闭了眼。四野是鸟儿的歌声，从河岸的石洞里传来，从河边的草丛中传来，从河外树林里红霞的光圈中传来，从远处山谷的晴岚中袅袅地传来，夹着初春的河水，那平滑而闪亮的歌喉……情韵无限。身心融入了宇宙的春天，春天的宇宙。

春 风

春风，温柔的春风，从那苍茫遥远的暖海上，从那嫩蓝润洁的晴空里，从那曼妙轻盈的云缝中，飘飘悠悠、飘飘悠悠，步履姗姗地走来了。这人间，还拘束于严寒淫威而有点瑟瑟颤抖的人间，立刻变成了一只温馨的摇篮。

天空，像一床绣满白花的蓝色棉被，浸透暖和的阳光，轻轻盖在摇篮上；大地，像一张铺满锦绣的彩色温床，让那些渴望春天的生命都绽放出新生的绿光。

春风轻轻地吹。小草们拱开母亲枯死的身躯，从一片腐烂的霉味中，争先恐后地钻出来了，漫山遍野，笑呀嚷呀，唱呀舞呀，叶尖上还挂着闪亮的珍珠。它们舒展心胸，舒畅豪情，信心满怀地计划如何在春天创造出一个绿色的海，它们像小羊羔一样在茁壮蓬勃地生长，在春风里喝蜜舞蹈，在春风里点头耳语……

春风轻轻地吹。树儿的枝丫上发苞了，从地底下奔腾的热血涌向枝头，那渥润发青的充盈了汁液的肌肤在默默膨胀。它们在想把年轮线向外再拱出一圈，它们像钉子一样守护自己的位置，坚定不可动摇，谋求成才的机会。它们在春风里贪婪地吮吸阳光雨露，舒展细嫩的绿叶，目标直指苍穹，要用纷披的绿色来回报春风、大地的恩情……

春风吹呀，轻轻地吹。蒲公英从黄土地黑土地上无人注意的位置站起来了。蒲公英妈妈从绿色的怀抱里把孩子们高高举起，她深情地望着孩子们，送上最甜蜜的吻和真诚的嘱咐，孩子们都背着一顶银色的小伞，做好了远航的准备，个个脸上都露出探险家的喜悦，春天的世界是一个迷人的海。

“妈妈。可以出发吗?”孩子们非常急切。

“乘着春风，你们去吧，去寻找属于你们的新家，但千万不要迷失了方向!”

蒲公英妈妈空着一双手，带着忧伤的喜悦目送远航的孩子们，消失在旷野里碧空的尽头。春风轻轻地吹，孩子们飞向四面八方，虽然路途中有迷惑的歧径，但也有壮丽的风景，充满令人神往的探索乐趣啊！春风啊，请把我沸腾的想象也系在那银色的伞柄上吧，我也渴望那诗意的远方……

春风轻轻地吹。小溪踩着叶尖跨过草丛跳下悬崖，走出了山涧，它们那么年轻活跃，浑身充满柔润的光泽，闪烁着青春的颜色，奏响欢快的音符，潺潺流淌，川流不息。它们不留恋鲜花的芬芳和色彩，也不流连溪谷深潭的幽静闲适，它们唱着心中的歌，把思索留给大山，要去山外闯荡世界。尽管沿途有那么多的悬崖险滩，沙洲的阻拦，湖泊的禁锢，但勇敢无畏的小溪呀，一往无前地向前冲，向前进！目标就是那惊涛拍岸的大江和波澜壮阔的大海！春风啊，轻轻地吹，尽情地吹啊，请带上我的梦想，让我也去奔流闯荡吧，只有小溪最不辜负你的恩情……

我们多么年轻，都是刚刚进入人生春天的小生命啊，人生的春风，时代的春风复苏了这片沉睡的大地。我们从摇篮里起来了，走出来了。我们要学蒲公英，要学小溪，我们要去探索未知领域，要去开辟人生的新航道!

甜美的春风啊，请掀开摇篮上的被子吧，请扫清前途的迷障，请告诉我们前进的方向。

春风吹拂，在吹拂，在轻轻地吹拂……

春　雨

春天最美的时候，就是下雨的时候。

“绿遍山原白满川，子规声里雨如烟。”这是多么美妙的诗句！

你看，漫山遍野都是一片青葱翠绿，千百条小溪小河，都涨满了油光白亮的春水，仿佛到处都在涌动着生命的激情；你听，竹林深处，松树丛中，子规在尽情欢歌，仿佛在焦急地呼唤着情侣“我要跟你在一起，一同归去”。天空低垂但并不沉重，轻盈而灰白的云层，软嫩而潮润，仿佛饱含乳汁的弹性丰满的海绵，温润均匀地覆盖在山川大地之上；蒙蒙如烟的细雨，飘飘洒洒，像牛毛，像花针，像细丝，密密地斜织着，天地之间仿佛笼罩着轻纱似的梦，春天的梦。

春雨贵如油。细雨飘落，邈邈轻盈，烟含雾锁，模糊不清，混沌一片，真是朦胧美的极品！“随风潜入夜，润物细无声”，夜晚偷偷地来，细细地滋润万物，亲吻山川大地，慰抚熬过严冬摧残的花枝树叶，土膏渥润流芳，花朵含苞待放。

一夜春雨后，那翠叶轻岚的树杪竹尖，都挂满晶亮圆润的水珠，微风过去，玉碎珠销，又是一番野趣，“山中一夜雨，树杪百重泉”，该是何等的美妙！

春雨，洗涤着灰尘雾霾，也洗涤着阴沉心境。雨后的世界，多么洁净清爽。你看那山峰，那树林，那花，那草，那石岩，那土地，都清新明媚，芳影倩倩，历历在目，珊珊可爱，仿佛眼前展现出没有遮拦的空明澄澈，空气也异常新鲜甜润，神清气爽，呼吸顺畅。

活在春天里，是一种幸福，是一种运气。你分明感觉到：春雨滋润后的生命世界，充满富丽堂皇的高华气象！

刺 果

刺果，也叫酸枣，是我儿时最喜爱的免费水果，也是难忘的大山印象。

那时，牛是全村的公共资源，按照每户人口数的多少，平均分配放牛天数，一年四季轮流转。我最喜欢在五月麦黄季节和秋季草枯季节放牛，因为这两个季节，大山里的各种野山果都成熟了，竹林里、松荫下、草丛中、小溪边，随处都可以找到好吃的野山果，那都是全免费的馈赠品，只要你眼睛敏锐并且不怕刺不避险阻，就能得到大山的奖励。

我们放的牛有五头：一头大约六岁的大黄牯，一头四岁的头顶有一绺儿白花的黄色母牛，一头三岁的黑牯牛，和母牛的一对双胞胎小牛仔。两头牯牛都是耕田的健将，必须让他俩都吃饱喝足，要养得膘肥体壮，耕田的重活都是他们的任务，不能怠慢。母牛则是英雄的母亲，新的小牛都靠她生养，她性情温顺，一双水汪汪的大眼睛显出慈爱的深情，两只小牛成天围绕在她的身边，如果一时间小牛离开她很远，她就会哞哞地叫，直到小牛跟上她为止。我们给每条牛都挂上了铃铛，漫山遍野都能听到清脆的牛铃声，像从那远古时空飘来的音乐，让你感受到一种悠闲自在的慢节奏生活。你闭上眼睛想象：雄浑巍峨的大山，茂密的松林或竹林深处，野花盛开，芳草鲜绿，蜜蜂或蝴蝶翩翩起舞，一群天真无邪的孩子在吆喝着一群牛，草丛里不时传来牛铃的叮当声、牛鞭挥动的嚯嚯声，清风吹送着凉爽，天地间洋溢着芬芳，那是何等惬意的田园生活啊！

我将牛赶进一片离金黄色麦浪不远的嫩松树林，这是一片新栽的树林，每棵树都种在先前开挖的梯地中间，非常整齐，由于松树都只有一丈来高，不容易阻挡视线，能够随时随地找到牛的位置，加上新翻的土地上，青草特别繁茂，是牛们最喜欢的处所。如果母牛吃饱了，她就会卧在树荫下反刍，两条小牛或卧在母亲身旁，或在周围不远处吃草，最麻烦的是那两位健将，食量大，力量强，一边吃一边走，很快就走出了视线，要不停地跟随它们，并将它们赶回相对集中的树林里。我们后来想出了好方法，就是事先割下一堆青草——特别是那刚刚长得墨绿乌亮的嫩巴茅，牛特别喜欢吃——堆在树荫下，这样牛就会在原地吃草，然后卧在树荫下休息反刍。安顿好我们的牛，就是我们漫山找山果的快乐时光。

在金黄的麦地里，我们穿梭一般，出没在麦林里，地坝的野草中，一株株独生的刺禾，东一棵西一棵高高地扬起它那满身是刺的枝条，向天空伸展，在它的不规则的绿叶和刺条相接的地方，挂着一颗颗红色的果子，那就是刺果，红彤彤惹眼勾馋。这时候竹林里的嫩笋已经长出新叶，地上随处可以捡到笋衣，我们将它做成袋子，用来盛刺果。不一会儿工夫，笋衣袋子中就盛满了通红的刺果，在牛们吃饱了反刍的时候，正是我们享受野果的时候，我们头上缀满汗珠，嘴边留着刺果的浆汁，那快乐真是难以形容。地上伏地丛生的刺禾中有一种硕大的空心刺果，那味道更加甜美，但它与一种有毒的叫作蛇匏的野果很像，难以分辨，所以不敢轻易去采摘，小溪边的一种名叫狗屎匏的刺果也很好吃，像一串串葡萄——只是非常小——颜色黑里透红，吃了之后，嘴边变得乌黑。这是牛喝水的时候，我们经常采摘的野果。

一到秋天，百草开始枯黄变衰，唯独那巴茅还是绿色的，叶子已经坚劲高挺，叶边的锯齿非常锋利，我们的手指只要稍微一碰就是一道血口，而牛的舌条真是厉害，它们伸出长长的舌头将巴茅的绿叶卷进嘴里，吃得很香，并没有被割伤，这时候只要将牛赶进巴茅丛中就可以放心玩耍了，因为那整片整片的巴茅足以让一百头牛吃饱。我们就走进竹林里去找刺果，一种名叫篓笃的刺果和一种名叫秤砣的刺果，非常好吃，它们的枝条上也都有刺，但没有麦地里刺禾那样锋利，它们的叶子圆润可爱，绿中泛青，在柴草中很显眼，加上那满枝的果实，压得它弯腰低头，当我们摘下果实，它才会透了口气似的高高地仰起头来，仿佛向我们道谢，篓笃比秤砣个儿大，味道都很甜，我们总是将它们含在嘴里半天，才吞下肚，然后吐出核儿。一边吃着篓笃和秤砣，一边听着牛铃的叮当声，竹林在西斜的阳光照耀下一片金黄，山风阵阵吹过松林，松涛雄浑壮阔，那是一种多么令人难忘的情境啊！我童年的欢乐，全部在牛铃与野果之间绽放。

春华秋实，绿色的苍茫的大山，总能给我们丰富的馈赠，而我们在绿色的丛林中放牛，也寻找着无穷无尽的快乐。

啊！我的牛们，我的刺果！

兰　花

蓝天如穹庐，覆盖着白云缭绕的山巅。

柔软的绿色的风，轻轻地拂过娟洁如拭的竹林，溅起一阵阵细微的绿色的涛声，如春姑娘甜润的歌唱。

竹林里，柴草中，悬崖下，清泉迈着娇嫩的碎步，在草丛中静静地穿行，她走过缤纷如霞的杜鹃花丛，又走过黄如散金的太阳花阵，在穿过荆棘缠络的榛莽丛林时，她看到了一颗高贵的君子兰！那墨绿修长的弧线形长叶，像放射的情丝，那玉色的洁白的茎干上正怒放着斑斓的娇嫩花瓣，大音希声的笑容中，喷射出纯净雅洁的馨香，浸透了整座春天的竹林，连那百鸟合唱的情歌中也仿佛带着一缕淡淡的香味。

一个寻找兰花的少年走进了深山。

他面色红润，眼睛清澈明亮，闪着坚毅执着的光芒，他的深蓝色的大褂上缀着几个黑色补丁，密密的针脚就是母亲那亲切的叮咛。他的肩上扛着厚脑扁嘴的板锄，他下定决心要找到一棵君子兰！

他沿着山风，踏着阳光，拨开荆棘榛莽，不懈地寻找……

忽然，一阵浓香袭人，在悬崖下清泉边的荆棘丛中，少年终于找到了一棵君子兰！已经盛开了三朵，还有七朵含苞欲放，这是非常罕见的十胞胎野生兰花的极品！

少年小心地挖起了兰花，抱在怀里。他满头大汗，手上拉开了几道鲜红的血痕，然而，他幸福地笑了！

少年带着兰花，携带一路的芬芳下山了。

兰　花

他走进了霞光普照的校园，走进了亲爱的老师的房间，他把兰花放在老师的办公桌上，让那满房的书本和作业也沉浸在高雅的馨香中……

老师激动地抱住了少年，她要用兰花一样的爱来滋润少年宏伟缤纷的梦想……

农　夫

一条沿河的小路。

路上走着几个散步的闲人，我在其中。

空气清新，像雨后波平浪静的湖面那般香洁甜润，我贪婪地呼吸着。

路边是初春的田野。野草、草籽嫩嫩的，绿绿的，肥肥的，没有边际。绿野里有一面明镜——不，是一块被耕耘的处女田——秧苗田，水在泛着香味的泥土上白亮白亮地反照着四周的一切。一个农夫正在平整田畦，旁边放着一斛浸泡出白芽的谷子。

农民，将裤子卷过了膝盖，黑色的卷结下，他的双脚涂满乌黑发亮的泥浆。

一双同样的手握着一根淡黄色的平田木架，像美女梳头握着精致的木梳，像裁缝握着崭新的熨斗。神情如此专注，眼睛闪着亮光，脸上浮着笑意，令人想到绿色的希望。

田畦好平好平，他还在摸，像小伙摸着恋人的嫩颊，像新娘摸着闪光的乌发，像熨烫心上人的第一件新衣。

绿野中造出了一面光滑明亮的长镜，农民笑了。将金黄的已经浸出白芽芽的谷子撒下去，撒下去……

绿色的田野，吹来一阵微微的风。绿的嫩草有一丝颤动，农民的衣襟有一丝轻微的晃动。

农民脸上的笑容被染成了绿色。

一条路，通向绿色的海。我加快了脚步。

石

石，亿万年前，还是融化的岩浆，流动奔突于地底；石，亿万年后，雨雪风霜的磨蚀，时光钢刀的雕镂，变成沧海桑田的见证。

石，有灵有顽；石，有丑有美；石，有的粗糙，有的细腻；石，有的棱角分明，有的圆滑柔润。

石之灵异者，通体晶莹，玲珑剔透，能变化莫测，会熔铸悲喜。像贾宝玉颈上的“通灵宝玉”，变化万千；像蓝田山的美玉，常笼轻烟；像和田河滩的籽料，柔润千年。但是，这些人间至宝，可遇却难以求获，面对精美的宝石，只能徒增浩叹！

石之粗陋者，冥顽不灵，颜色灰暗，外形丑陋，棱角如刀，撞击易碎，构成悬崖，形成险阻，使追求的脚步望而生畏，使爱美的眼睛知难而退。然而，漫山遍野都是这些丑石，河流溪涧都是这些冥顽，有的专门绊脚，有的又臭又硬。面对这样的石头，也只能徒增浩叹！

美玉是理想、梦境，丑石是现实、人生。因为到处是粗俗，所以追求高雅；因为到处是丑陋，所以追求美好。

我寓居的门前，就是一条小河，河里全都是平凡普通的白沙青石，也许其中埋藏有精金美玉？所以，我经常徜徉于河边，经常赤足踏于涧石，常常沐浴于巨石之间的清水潭，常常脚踩细腻柔软的白沙滩，常常翻动水中的鹅卵石，渴望能发现一颗值得珍藏的美石。

书架上摆满了造型各异的石头，有的如大象饮水，有的似飞鹰展翅，有的如云横青山，有的似风雪归人。平凡的石头中仿佛蕴藏不平凡的世界，就像生活需要智慧，审美更需要眼光。

爱石，不要仅仅追求它的价值，而要欣赏它的坚毅执着；爱石，不能只追求它的外表，而要追寻它内心不息的火种。

爱石，不能论美丑。

甘做铺路石，垫脚石，墙基石，也能成就平凡而高尚的业绩，成就充实而辉光的人生。

薄 暮

薄暮，即日落黄昏，一个情怀落寞而富于诗意的时刻。

我徜徉于钓鱼湖畔，想驱赶无端的寂寞与彷徨的孤独。

深秋的凉意在四周荡漾，秋草黄绿相间，庄稼地一片金黄，一切植物都在枝头垂挂着沉重的果实，尽管有些是甜蜜的，有些是苦涩的。草丛间石缝里蟋蟀在鸣叫，鸟儿在成双成对飞回小巢。在我看来，这大自然显得有点衰颓，不像春夏之交那样生机勃勃。

此时，太阳像位渔翁，把它的网从湖面上收走了，水面摇漾着有点发白的天空，幽微地闪着白光，山影倒映在水里，成为漆黑的一堆，森林与岩石浑然莫辨。西边雄踞于群峰之首的罗汉尖，浑圆的锥顶上还残留着一片桃红色的胭脂，朝向西面的山峰和峡谷，也涂上一层淡淡的胭脂色，但正在一点点暗淡下去。

天上没有云，空中没有风，湖面宁静得像一张平铺的绸纸，周围静悄悄的，仿佛在等待着什么。

突然间，像约好了似的，四面的山谷及水边的一派烟岚轻笼的村落里，闪出了一颗颗亮星，光芒璀璨，像千百支火箭，直射到水面上，也像拖着尾巴的流星，钓鱼湖里顿时现出壮观的奇景。也许有小船穿越灯光密集的湖面，也许是忽然起了风吧，那些火箭都弯曲了，摇摆起来，变作游动的金蛇。上下颠簸，神光离合，不一会儿又都静止不动，成为满湖闪烁的星辰。

我忽然想起心上人的家就在这某一处的水边，这湖里的灯光，或许有一条就是从她的窗户里射出的吧。此刻，她在干什么呢？或许她一家人正团聚在温暖明亮的灯下，准备吃晚饭，或者她坐在卧室里看书品茗，或者她走到门前的桃树下，望着这满湖的灯光在思念我吗？我难以确定，却不能释怀。我想托夜风带去我的思念，因此写下一首小诗——《薄暮的风》：

薄暮的风温柔地抚摸
那一片寂寞的秋草
草丛里有一朵灿然的野花
像傍晚的眼睛
薄暮的风轻轻地掠过
那一片没有船的水面
轻漾的浪纹里有沸腾的思绪
像煮熟的挂面
薄暮的风深情地吹拂
你门前的落叶桃林
那首唱了千百遍的情歌
仿佛又传到我的心里
天地逆旅草木有情
我怎能不想你
星海犹如心海，我无声的歌，你听到了吗

倒　影

钓鱼湖的水面宽阔辽远，一到三月桃花汛期，那日渐涨满的水面，沿着山谷，逐渐钻进了梅家湾，将梅家岭前的一片沃土淹没成一个巨大的沉潭，绿油油的草海变成了绿油油的碧水湖。周围的村庄、行人、牲畜，绿树红花，山峰岩石，蓝天白云，一齐倒映在湖里，小船儿荡漾着碧波，穿行在这些美丽的倒影之中，你一定会想到一个词："人间仙境。"在仙境中，最惹眼的是临水浣洗的村姑们，她们用棒槌敲打着昨夜换下来的衣服，摇晃的长波将她们娇美的倩影拉弯扭曲，与五彩缤纷的衣服及霞光混在一起，仿佛从这水里的色彩中，又飞出一阵阵银铃般的笑声，天真无邪、纯净雅洁的笑声。还有那梅岭坂上一大片的桃花，如火红的云霞，灿然盛开，率领周边的绿色麦苗和青草们，一齐扑进湖里，将半个湖面染成金碧辉煌的另一个世界，以致摇船的年轻姑娘和小伙子都会停下船桨来静静观赏，流连忘返。

水里的桃林中有几个青年男女的倒影。他们聚在几株高大的桃树下，满树的桃花映着他们朝气蓬勃的笑脸。一台半导体收音机正在播放蒋大为的歌声："在那桃花盛开的地方，有我可爱的家乡，桃树倒映在明净的水面，桃花映红了姑娘的脸庞……"他们一起跟着唱歌，歌声穿过桃林，仿佛也染上了朝霞的颜色，粉红热烈，充满朝气，充满希望，充满信心，充满力量，展现出一片蓬勃的气象。他们忘我陶醉在歌声的世界里，陶醉在眼前湖光山色交相掩映的胜境中，一种叫作"爱情"的情感，也悄悄地融化在绝妙的倒影之中。

云芬清澈的秋波忽地一闪，她的脸颊立刻飞上红霞，大鹏会心一笑，顿时心花怒放，这无言之美，荡漾起无边的向往和深情的心海涟漪；荷语摘了很多野花，一边嗅着花香，一边偷看身边的家英，家英也会心一笑，目光游弋迅速移向湖面，以更加投入的歌唱来掩盖内心的惊涛骇浪。四个年轻人，在甜美芳馨的桃花里，歌唱着爱情，与湖中的倒影和心海的希望交织在一起，构成生命中最难忘的瞬间。

阳光在绿叶上闪着金光，湖面的微风吹送着凉爽，春虫在洞穴中尽情地鸣叫，蝴蝶翩翩飞舞于花丛，一切美好的希望在这人间仙境中酝酿膨胀。

记忆，甜蜜芬芳的记忆，就像过滤了杂质后的水中倒影，是一个个“好的故事”，比那美物本身更加纯净高贵，耐人寻味。

枫 叶

深秋九月，天高气清。霜风白露，如期降临。

夕阳西下，霞染霜林。此时登上山岗，眺望四野，你将体味到生命燃烧的那份壮怀激烈。

漫山遍野的枫叶，如朱红的丹砂，似燃烧的火焰，红彤彤地与晚霞争赤。不知是霞光染上了枫叶的颜色才变得这样的殷红鲜艳，还是枫叶汲取了霞光的能量才变得这样的壮丽辉煌。你分明感到一片蒸腾的火焰从那青色的山体上熊熊燃起，一股澎湃的赤潮从深厚的地底下喷涌而出，抒情诗一般如火如荼的生命激情啊，在四周凉爽的空气中恣意弥漫……

看吧，枫叶，不，还有麻栎树叶、野橡栗树叶，叶柄还紧紧倚在它们母体的枝条上，每一片叶子并不因为霜风的欺凌变得低垂耷拉，而是矫健坚举，意态昂扬，向秋天展现出生命在霜雪来临前的壮丽；浩荡的山风吹来，它们相互点头致意，沙沙耳语，没有摇尾乞怜的悲伤哀鸣，而是奏出气势磅礴的红色的林涛之音，与竹林的清韵、松林的洪响相互应和，成为盛大刚烈、轰鸣天际的大自然的交响乐章。

虽然，偶尔也有一些叶子因为红透了季节，随风飘落，那旋转的姿态也绝不是衰颓，而是愉快地告别，像点点红雪飘向深情的大地，像翩翩舞蹈跃动生命的节律，等待雪花掩埋后重新变作来年护花的春泥。

古诗云：“停车坐爱枫林晚，霜叶红于二月花。”是呀，只有经历严霜酷烈磨炼的生命才具有雄健阳刚的美，这种美不需要鲜花香风的陪伴，也不需要蜂飞蝶舞的映衬，它以统一的浑红的浩大的红色显示生命的庄严！它以悲壮的凋零、律动的舞姿显示生命重生的高贵！

飞　蛾

《化书·飞蛾》曰："天下贤愚，营营然若飞蛾之投夜烛，苍蝇之触晓窗。知往而不知返，知进而不知退。而但知避害而就利，不知聚利而就害。"

我因而有感焉。

茫茫大化，芸芸众生。为了生存，奔走竞争。司马迁两千多年前就一针见血地说："天下熙熙，皆为利来；天下攘攘，皆为利往。"几千年来的战争、杀戮、争夺、欺诈，说穿了都是为了一个"利"字。何时人类能够摆脱名缰利锁桎梏的束缚，真正过上逍遥自在任性适情的生活呢？

《化书》是一部道家经典，讲变化规律，让人警醒惊悟生命的真谛。这则短文就揭示了人生追求的悲剧性命运。人生必须要有所追求，因为人们总是生活在希望里，而希望却永远存在于未来的时空。追求者往往在有所得到时，必须付出沉重的代价。如年轻时拼命加班加点，多赚钱，就是为了买房买车，过上有尊严、有气派的生活，但付出了健康的代价，等钱攒够了，身体也垮了，要么英年早逝，要么将赚来的钱送进医院去买回失去的健康。我觉得我们都好像那愚蠢的飞蛾，你看她何其执着何等坚韧，为了那心造的幻影，为了那黑夜里虚无的光明，不顾一切地义无反顾地向灯烛、火堆扑去，最终，当她发现光明的极点却是残酷的燃烧的时候，一切悔之晚矣。本为排遣黑暗的压迫求得一点光明的慰藉，却付出了葬身火海的代价。飞蛾呀，值得吗？

生不带来死难带走的金钱和虚幻不实的名誉地位就是世间的一团虚无的光明之火。看吧，这团明光引得大腕、巨贪们，争先恐后、前赴后继地扑向火坑，等烧得他们的肢体噼噼剥剥作响的时候，才会发出痛苦的哀号，然而悔之晚矣！而大腕、巨贪们自己也是一团虚幻的光明之火，又引来众多的娇艳美眉飞投进去，一阵彩色的欲焰燃烧之后，化作一团紫烟，袅袅飞散于虚空，而新的“飞蛾”还在接踵而至。不亦悲乎?

不能责怪火的存在，只能警醒飞蛾们珍惜生命，切莫玩火自焚!

当然，对飞蛾来说，也许她们天生的本性就是爱慕光明，这是无可厚非的。一方面我们嘲笑她们的冥顽不灵，另一方面我们也要赞许她们的执着坚韧，当然，如果这种执着本身是错误的，那就注定只能以悲剧收场了。有时候，虽然弱者的刚强注定是毁灭，但毁灭的悲剧里却有某种永恒的东西。

《古今注》里这样注释说：“飞蛾，善拂火，一名火花，一名慕光。”我认为古人真善命名，扑火的飞蛾因慕光而葬身火焰之中成为灿烂的火花，极有诗意呀！因聊赋绝句一首：

慕光风雨暗，奋翅越千家。
飞扑烈灯焰，膏燃成火花。

日 出

清晨，没有风，也没有云。天空和大地都非常安静。

繁茂的草叶上，墨绿的稻秧尖，湿润润地沾满了晶莹的露珠。蓝莹莹的天幕下，空气甘甜芬芳，漫山的苍松，满壑的翠竹，田地里的庄稼，都沉浸在岚气中，鲜绿得惹人喜爱。半山腰的梯田和梯地，都是五月的小麦，像一条条金色的缎带，人们正在挥镰收割，欢声笑语若远若近地传来，不时夹着几声鹧鸪和锦鸡的啼鸣。青蛙们这时候都长得很健壮，仿佛组成了乐队，呱呱——呱——呱呱呱呱——，敲锣打鼓一般，像庆贺丰收，又像迎接贵宾。

东面远处的峰峦，浑身青紫，连绵起伏地横亘在天际，在一处突兀的宛如笔架的山顶上，一个热烈透红的晕圈正在渐渐扩大，而周围的天空则相对显得银白。我知道，还有半小时，太阳将从那里冉冉升起。

峰顶与天空相接的一条最亮的金线上，凸显出一条红色的圆弧，像初三初四的月亮。圆弧在扩张增大，一会儿就拱出半个圆形的太阳，没有光芒，柔润光洁，她像是在探头探脑地窥视人间。

“人间正忙着呢，你迟到啦!”我对太阳揶揄道。

太阳似乎不好意思了，她在努力地上升，上升，终于跃出了山顶，并且发出闪闪的光芒，那浑圆的轮廓线，顿时变得熠熠生辉了，中间的红色迅速变成发烫的金色，使眼睛不敢直视，只觉得眼前有无数的绿色的晕圈，从天边一直覆盖到眼前，什么都看不清了。我努力眯缝着眼睛，想看清太阳完美的外形，她像一个火一样炽热的升腾的红球，只见睫毛间出现无数的彩色光圈，变幻着，运动着，串联着，伸展着，扩散着，天地间充满了这种奇妙的光环。这是美丽的日出，太阳简直就是一个七彩光组成的火热热的红球。

我在丰收的大地上，看到了壮丽的日出，而太阳在巍峨的峰巅，俯视着富足的人间。我想，太阳如果有思想，一定会满足的，因为蒸蒸日上的人间正在走向富强。中国梦，民族的梦，如日之升，光芒万丈，照耀乾坤！

太阳笑了，更加明亮地闪烁着。——我们心中永恒的太阳！

蝴　蝶

蝴蝶，在美丽的春天，翩翩飞舞，随处可见。

你看那鲜花丛中：一群五彩缤纷的蝴蝶，有的收起翅膀，紧紧抱住花朵，正在吮吸花蜜；有的拍打着翅膀，正在挑选喜爱的花瓣；有的上下翻飞，翅膀扇成两个半圆，喝饱了蜜，正在醉舞蹁跹。多么美丽的精灵！如果春天没有蝴蝶会怎样？如果蝴蝶没有春天又会怎样？

你看那柳荫下的菜畦边，一条清亮的小河正泛着清波缓缓流淌，油菜花金黄灿烂，空气中弥漫着浓重的带有泥土气味的芬芳，蜜蜂嗡嗡嗡地闹着，成双成对的蝴蝶在互相追逐，用眼花缭乱的舞姿展现爱情的魅力。“儿童急走追黄蝶，飞入菜花无处寻”，多么神奇的意境！

闭上眼睛，我想象春天的美。仿佛看见蝴蝶在树上飞，在小溪边飞，在草丛中飞，在绿油油的稻田里飞，在天井四角的蛛网边飞，在蓝晃晃的天空里飞，还有云雀、麻雀、花水雀、鹞鹰，都在飞。啊，整个春天，就是一个飞舞的世界！

然而，有一只蝴蝶使我震撼了，因为我看见了这样的画面：

我坐在船上，船行进在碧绿清澈的湖面上，真是老杜“春水船如天上坐”的绝妙佳境！忽然，风起了，呼呼掠过船舷，浪花撞击船身，摇晃起来，人们一阵惊呼！这时，一只黑底红花的大蝴蝶出现在人们眼前，她正贴着水皮儿飞，想横渡十里宽的湖面，她顶风逆浪，奋力扇动两只彩色的翅膀，从那迅速闪动的圆弧形的光圈，你可以想到她所受到的阻力多么强大！风迫使她后退，她趔趄着前进，不屈不挠地向前，向前，像水面上滚动着一个彩色的光圈。

人们惊呼起来：了不起的蝴蝶！坚强的蝴蝶！

我急于帮忙地说："蝴蝶，上面空气轻而薄，下边空气湿而重，向上飞呀！"蝴蝶仿佛明白了，像直升机一样盘旋而上，然后逆风横渡，向着那心中的彼岸不懈地奋飞，渐渐消失在我们的视野中。

蝴蝶呀，你这伟大的精灵，坚毅地奋搏前行！

你告诉我们：只要是有理想充满信念的生命，就应该不怕逆风险阻，更何惧惊涛骇浪？

火　草

一个冬天的傍晚，正纷纷扬扬飞舞着雪花。

父亲和母亲去黄梅珠山镇卖竹货，已经三天了，还没有回家。天地间仿佛到处都充满了难以言说的焦急。我看着两个弟弟和两个妹妹，六神无主。上苍啊，你看见了吗?

最小的妹妹只有两岁，泪眼望着我，牵着我的衣襟，说：“大哥，我饿。”

是哦，得首先来做饭。我也饿了，我刚从学校读书回来，连午饭也没有吃呢。我必须想办法，当好弟妹们的主心骨。对！我们来做饭吧。

九岁的大妹从阁楼上的陶瓮里舀出一升米，淘洗干净，放进了锅里。灶下搁栏里却没有生火的干柴，只有几段松木柴片，缺少引火的茅草之类。罗通扫北，找遍了厨房及柴房的所有角落，竟然找不到一根引火的毛柴！对我来说，真是到了山穷水尽的地步。怎么办?

我突然一拍大腿，说：“有了！大妹，你负责带好小弟小妹，我跟大弟出去弄点引火柴来。”

我背起篾篓，带上柴刀，拉着大弟的手，走进了风雪之中。雪花在天空，在田野，在树梢，在人家炊烟袅袅的屋顶，恣意地飞舞，我们沿着早已收割的田埂，向林家冲进发，那里有的是干枯的茅草。

“哥，我怕——你看那山谷很黑。”六岁的大弟非常胆怯。

“弟弟，别怕，有哥呢——跟紧我。”我无所畏惧。

我们来到一条小溪边的梯田下面，田坝较高，在与山旁交界的地方，有一片蓑茅草：密密麻麻地簇生在一起，一尺多高，茎干柔软，草叶狭长，叶边没有锯齿，浑身通红，仿佛大雪中蒸腾的火焰，温暖着我的心田。我们喜出望外，感谢农夫光田的时候的疏漏，竟然留给我们这片火红的蓑茅草！

我挥舞着柴刀，剃头似的将干而脆的茅草割下来，弟弟用竹笣将茅草聚拢成堆。不一会儿工夫，那条二十多米长的田坝，就变得光秃秃的了，我们的小篾篓里塞得满满的，我的头上脸上衣襟上已经落满了雪花，但我和弟弟却开心地笑了。我们在风雪中背着蓑茅草凯旋。

我们有引火柴啦！弟妹们都兴奋起来。

我终于用茅草引燃了松木片，灶膛里闪耀着通红的火光，锅里的水开始嗞嗞作响，那喷香的米饭很快就能煮熟啦！小妹和四岁的小弟开始欢呼雀跃，他们竟然将蓑茅草倒出来铺在温暖的搁栏里，躺在茅草上打着滚，说比床上的被褥更暖和呢！

我、大妹和大弟，通力合作，炒了两个什么菜，在晃来晃去的油灯下，我们终于做好了晚饭。

正在我们准备开饭的时候，忽然门被推开了！

风雪夜归人。父亲母亲终于回来了！我们迎上去，母亲紧紧抱住了我们。

那火红的蓑茅草啊！带给我们的不仅仅是欢乐啊！

菊　魂

《现代汉语词典》中说："菊：多年生草本植物，叶子有柄，卵形，边缘像锯齿或有缺刻。秋季开花。经人工培育，品种很多，颜色、形状和大小变化很大。是观赏植物。有的品种可入药。"

一想到菊花，就会勾起我幼年时候积累起来的一点恐惧感。

很小的时候，我很怕菊花，甚至连菊字都不敢提及。因为在我幼小的心中，"菊"仿佛与不幸连在一起。同村的一枝花姐姐，就叫菊花，长得非常漂亮，偏偏在八九岁时，生了一头的瘌痢，从此就不长头发，变成一个丑八怪。邻村的菊花婶，是演黄梅戏中秦香莲的角色，不仅人长得美，而且歌也唱得好，经常引起年轻汉子们疯狂的喝彩，我记得看过一回她演的戏，那悲苦的声调将全场看戏的人都感动得哭了。但是，后来她莫名其妙的就发了神经病，疯了，经常披头散发躲进人家的山芋洞里。还有一个男子名叫黄菊香，本来家庭很美满的，一到三十多岁的中年，家里突遭变故，老婆得怪病死了，两个孩子也掉进水塘里淹死了，只剩下他孤苦伶仃地活着。总之，凡是我知道的名字与"菊"相关的人，都没有什么好命。因此，我总不大爱看菊花。

长大后，看了一些古书，有几位了不起的大诗人让我心生崇拜。第一位就是为了追求美政理想九死不悔的屈原，他在《离骚》里说："夕餐秋菊之落英"，想必菊花一定是别有滋味的；第二位是东晋末年的陶渊明，他不为五斗米折腰，毅然辞官归隐田园，在自家的东墙外种满菊花，并插上篱笆，号称"东篱"，他一边赏花，一边饮酒，写出了"采菊东篱下，悠然见南山"的绝妙诗句，表现出多么潇洒飘逸的神韵；还有那位著名的女词人

菊　魂

易安居士，酷爱陶潜的高标孤韵，吟唱道："东篱把酒黄昏后，有暗香盈袖。莫道不销魂，帘卷西风，人比黄花瘦。"至今让我敬佩不已。

菊的高韵，菊的天姿，尤其那不媚俗的凌霜真骨，激起了我对她的神往与赞美。于是铺展素笺写道：

当花界的筵席已经阑珊，
悄悄地，
你开在九月。
本该一片寂寞的九月啊，
因为你的坚贞，
才变得明月一般皎洁。

南山下，
你的真韵，
陪陶公诗句百年流芳；
东篱边，
你的幽香，
让婉约仙子千古咀嚼。

你高风跨俗，
天然本色；
你真骨凌霜，
肝胆冰雪。
啊！你，菊之魂，魂是菊！

因敬菊，爱菊，故种菊两畦，列于窗前，朝夕相赏，相看两不厌，期望菊的芳魂倩魄，滋润我干涸的心田。

灵魂是菊的姑娘，你可爱我的菊？

明　媚

——老师，什么是“明媚”呢？

——哦，你问得很好。不过，我怎样解释才具体呢？你有初夏四月雨后早晨的体验吗？

——有呀。四月，那正是我们家乡的初夏，百花盛开的季节。古诗说：“人间四月芳菲尽，山寺桃花始盛开。”说的正是实情。四月芳草连天，刚好没过脚踝，非常鲜嫩碧绿，草丛里散布着千姿百态的野花，五彩缤纷；树林也是鲜嫩娇绿，阳光洒在叶片上，闪着金亮而柔和的光芒；鸟儿坐在枝叶间整天唱歌，像举办大型音乐比赛会；兰花开了，漫山遍野沉浸在高雅芳洁的香气中。让人感到山村的四月清新醒目。特别是一场暴雨过后，蓝天、山峦、树林、草叶都像洗过澡似的，什么都衣冠楚楚，新鲜异常，空气湿润而清香，放眼望去，连远处山坡上的泥土、岩石都清晰可见，分外明朗。老师，我说的对吗？

——很好！你所说的就是“明媚”的最好注脚。这个词形容景物光鲜明丽可爱。

——我懂了！谢谢您！

——请你把你刚才描述的写在日记里哦，我相信你会取得更大的进步！

瀑 布

我最爱响水岩的瀑布，我故乡唯一的瀑布，瀑布上有一座石桥。

响水岩在金牡丹河的上游的竹林深处，从前家坪、羊毛尖、滑岭岗等八九百米高的山坞里流出的清泉都汇集在响水岩，纵身一跃，飞流直下，形成了这宽三四丈、高七八丈的瀑布。在青黑色石壁和岩缝罅隙里的水草及苍苔的映衬下，在四周苍翠欲滴的萧萧凤尾竹的包裹中，这瀑布仿佛一个绿色世界中的银色婴儿，她以清脆甜润的歌声，以活泼灵动的姿态，赢得人们无限的喜爱。瀑布下那碧绿的水潭啊，像一块晶莹剔透的祖母绿，水波柔嫩滑腻，像鸡蛋清那样软，幽幽地闪着绿光；那水清澈见底，能看见一两米深的水底的鹅卵石和洁白的细沙，也能看见游鱼、螃蟹和米虾在石缝间穿梭，是人们浣洗的最佳处所。一到夏天的傍晚，在金红色的夕阳下，在浑红的晚霞中，孩子们争先恐后跳入水潭里，游泳，嬉戏，打水战，水花四溅，喊叫声、喧闹声、泼水声与瀑布的轰鸣声交融在一起，再加上大人们的喝彩声，瀑布便成为一个欢乐的世界。女人们在用棒槌使劲敲打衣服，用皂荚来洗去衣服上的积垢，清洗干净的衣服拧干水整齐地放进竹篾做的篮子里或洋瓷面盆、塑料水桶中，成为一道别样的风景。如果是未婚的女孩子，也会在洗完衣服之后加入嬉戏的行列，水潭里就会掀起新一轮的欢乐高潮。

瀑布上是那座古老的石拱桥，将金牡丹河两岸的人家连接在一起，桥像彩虹一样高高跨过瀑布，人们便叫她虹桥。桥栏上雕刻着精美绝伦的石狮子，据说是清朝留下的古物，石栏杆久经风雨，已经磨去了锋棱，且长满了密密的青苔，像缠着青色的缎带，大概由于下面瀑布的水汽充沛，这些青苔一年四季都绿油油的，从桥面的石拱上，可以看到两边的爬山虎或常春藤已经将整个桥身包裹起来了，它们的嫩枝悬挂在桥洞的半空中，随风摇曳，蝴蝶和蜻蜓不时停歇在藤条或叶片上。

如果麦黄季节，东边的村子里做了喷香的麦粑，便有红衣少女用小竹笼装着，翩翩地从桥上飞过，那香气就会传到西边的村子；相反，西边村子做好的香油饼，或松菇炖仔鸡，也会从桥上送到东边的村子。如果将近年关，人们杀猪宰鸡，也有孟浩然过故人庄那样的邀请宴会。由于两边人家很多是亲戚，所以红白喜事都会相互帮忙，热闹非凡。当然，更有青年男女在桥上幽会，有粉色的顾盼，深情的秋波，焦急的通感，心海的波澜，甚至是哭泣的眼泪，那青春的欢乐和悲伤全部承载在这虹桥上。或者在月光下，观赏桥面上的竹影斑驳，听飞泉瀑布的淙淙玉音，同时也哼唱一些黄梅小调和流行歌曲，因此小桥成为很多年轻人爱情的媒婆或证人。

我喜欢在清晨的霞光中来桥上看书，晚上在月光下吹奏一曲《月光下的凤尾竹》。或者挽着女友的玉臂，坐在桥边的石墩上，仰观银河繁星，想象牛郎织女的故事；俯视流泉飞瀑，让这山泉倾听我们的海誓山盟。于是，我作了一首小诗《月光下我想对你说》：

清风吹拂着月光，沁人心脾的芳香，在这宁静的夜晚，甜蜜陶醉了胸膛。

漫步悠然地登高，瀑布边有座虹桥，流泉飞溅着珠雨，一摊的碎玉琼瑶。

我想挑选这音符，谱写相思的小调，让那欢快的精灵，温暖你直到天晓。

月光迷恋着清江，五月弥漫着芬芳，我要做温馨暖男，陪你到地老天荒。

风来草偃

《论语·颜渊卷十二》：季康子问政于孔子曰："如杀无道，以就有道，何如？"孔子对曰："子为政，焉用杀？子欲善而民善矣。君子之德风，小人之德草。草尚之风，必偃。"

这就是儒家著名的比德文化的一个象喻，以"风"喻君子之德，以"草"喻小人之德，并且认为君子一定会压倒战胜小人。

本来草只是自然界里生命力最坚忍顽强的一种植物，用白居易的诗来说就是"野火烧不尽，春风吹又生"，并无所谓"德"的问题。而风更是自然界里常见的无形有声的现象，是由于空气的流动而形成的，更无所谓"德"。然而，在儒家眼里，山水大地草木花卉都具有特殊的象征意义。像流水就可以是智慧的象征，智者乐水嘛，因为一往而前似勇，与山石曲折似智，又善处人所不喜的低洼之地；山则是仁慈的象征，仁者乐山，因为群山生长万物，含蕴水源，又安详稳重，长寿绵绵。流水又可以用来象喻时间的流逝，孔子说"逝者如斯夫，不舍昼夜"。草也可以象征坚贞不屈，所谓"疾风知劲草，板荡识忠臣"就是歌颂草的柔韧意志。

事物都具有多面性，孔子在强调牧民戒杀的时候，发掘出风和草的另一重性格。风是君子之德的象征，它博大广阔无形，却铺天盖地含有无比的力量，不杀而自威；而草虽茂密繁盛，却永远处于下风，当疾风劲吹的时候，它们必定低下头颅，臣服于风威之下，风从东来它们就向西倒伏，风从北来它们就向南低头，从来就没有抗拒过。这种现象上升到哲理的层面，就是孔子所说的君子的品德高尚，永远占据道德的制高点，能够征服小人的恶性恶习，左右时代的风向。而小人们则像草一样遵从臣服于君子，才会出现安详和谐、秩序井然的社会氛围。

感谢孔子赋予风以品德的高地，让正气之风、刚贞之风、坚毅之风、高尚之风，风行天下，风飞四海，让小草们永远顺从风的意志吧！

人生境界

《论语·学而篇》载，子贡曰："贫而无谄，富而无骄，何如?"

子曰："可也。未若贫而乐，富而好礼也。"

自从人类社会出现剩余物品以后，以占有财富的多少，世界便划分出两大群体——穷人与富人。然而无论怎样的贫富都是走完这一生的旅程，尽管最终的归宿都一样，但是生命过程的精彩与否却绝不相同，因为人生会有不同的境界。

"贫而无谄"是一种骨气，不因贫穷困苦而摇尾乞怜、溜须拍马、蝇营狗苟，当然是清澈坚劲的铮铮傲骨，值得赞美；而"富而无骄"则是一种大度，不因家财万贯而骄矜自得、飞扬跋扈、奢靡浪费，显然是胸襟宽阔的大家风范，也值得颂扬。

人生境界不止如此。

"贫而乐（道）"是更高一级，虽处清贫之境，而能始终以乐观精神追求自己的人生理想，不以得失为怀，功名利禄不系于心，像颜回那样"饭疏食，饮水，曲肱而枕之"却能"不改其乐"，是一种更高尚的思想境界；"富而好礼"则为最高级，是人生追求的极致，因为"富"是人类共同的愿望，正如一位伟人所说"贫穷不是社会主义"，古人曾说"仓廪实而知礼节"，富了之后能够遵"礼"行事，乐善好施，带动贫穷者共同富裕，则会出现太平盛世。

这样的富人越多越好。纵观当今世界，富国多穷兵黩武，意欲称霸全球。像美国只有世界二十分之一的人口，却占有世界三分之一的财富，还在打着国家利益的旗号恣意干涉他国内政，不断制造纷争，它到哪里哪里就会动乱频仍，生灵涂炭，实际上美国的所作所为都是美国富人集团在左右他们的国家意志。然而也有邵逸夫等打算以裸捐回报社会的慈善家们，他们才真正理解财富的意义。

孔子不愧为人生导师，他站得比子贡更高，看得更远。让我们戒谗戒骄，努力做一个“贫而乐”或“富而好礼”的好人吧！

人生嗜好

人生是不过百年的一段短暂历程。生命的精彩不在于它的长度，而在于它的密度与厚度，在一路艰辛与欢快中留下生命的印记，到临终时回首往事，没有任何遗憾的人生才是完美的人生。然而人生又都是残缺的，因为人有太多的仿佛是无穷的欲望，这些欲望往往难以全部实现，因此欲壑难填的人生会形成各种各样的嗜好。

有人爱钱财，像蚼蝂小虫一样拼命积累，一生唯伴“孔方兄”；有人热衷建造豪宅园林，即使一块石材一根木料，也不惜千金不惮千里一定要罗致，犹如秦始皇穷蜀山之木尽天下之力修建阿房宫；有人爱美酒佳肴，好屠龙烹凤，豪饮千盅，乾坤醉卧，徜徉醉乡，迷途不返；有人爱美色，面对“玉质随月满，艳态逐春舒”的豆蔻少女，或风情万种、温柔旖旎的美艳少妇，甘愿一生拜倒在她们的石榴裙下；有人爱结交天下朋友，一诺千金，五岳倒为轻，与挚友林下隐居、竹里品茗、雨中豪饮、幽斋赏月、荡舟江湖、登山览胜，何等舒心畅快；有人爱悠游山林泉壤，五湖云山收眼里，脚底常带九州烟，甚至害那泉石膏肓之疾；也有人爱金石书画、文物古董、精刻古籍，像赵明诚、李清照夫妇那样成天悠游品茗于藏品之间。总之，人生百态，嗜好无穷。

清代著名风流才子袁枚，可谓大气包举，兼嗜各类，颇为奇特，而更为奇特的是他在众多的嗜好中唯独最爱藏书，并专门建造藏书楼，取名曰——所好轩。

为何爱好藏书超出其他众好之上？袁枚自有他的一套理论。他认为：爱美色只适合青春少年时期，此时血气方刚，激情澎湃，顾盼之间，欢情无限，谑浪笑靥，神魂颠倒；爱美食只适合非常饥饿的时候，像朱元璋当年沿途乞讨时，饿得昏死于桥头，恰遇一位老太太到河边洗菠菜，一盘救命的菠菜竟成为他终生追念的“红嘴绿莺歌”；朋友只适合志同道合者，“铁肩担道义，妙手著文章”，忠肝义胆，义薄云天，朋友就是在你最困难的时候，不离不弃陪在你身边的人，而那些蝇营狗苟因利益纠集在一起的假友，必定会利尽交疏，甚至会落井下石，卖友求荣；游览只适宜天朗气清的春秋季节，春季“风暖鸟声碎”，草色烟光，红霞万丈，春山如靓妆倩女，艳冶明净，笑靥凝眸，身心都会舒泰和悦；秋季“日高花影重”，桂子飘香，红叶如丹，天朗气净，凉爽无边，好一个金风玉露喜相逢；而暴雨长夏，泥泞载途，风雪寒冬，冰霜雕额，登山泛湖，往往险象环生，情趣全无；宫室花石古玩等，只适宜初次获得的时候，新鲜光润，玲珑剔透，古色古香，摩玩观赏，爱不释手，但是激情澎湃之后，就是厌倦乏味，惊喜抚摸既久，就会产生审美疲劳；只有藏书的爱好少壮皆宜，老病孤独时，书是良友，饥寒风雨时，书是慰藉，一生与书为伴，就会温馨无限，一路与书为友，就会快乐无穷，而藏书又是一项永无止境的事业，最值得你付出生命的全部能量和积蓄，书是创造人生辉煌的最佳基石，书是点缀人生精彩的最美风景。读书爱书藏书将会成就别样的充实饱满而光辉亮丽的人生。一个不喜欢阅读的人是一个庸俗乏味的人，而一个不喜欢阅读的民族也绝不可能成为具有创新精神的民族。

袁枚是一个袒露真实胸怀的人，敢于承认自己声色犬马、宫室古玩等各种爱好，其实这才是真切丰满、博大精深的袁子才形象。他众好同人、独好从异的性情，也是值得今天的人们学习的。他爱好读书是出于天性，因为小时候无书可读，曾遭到藏书家张氏的拒绝借书，归而形诸梦寐，那份痴情与执着，确实罕见，后来辗转抄书，勤于记诵，终成大器。为官后不惜俸禄购买精刻典籍，还乐于借书给爱读书的贫穷士子，则表现他坦荡如砥的襟怀。一篇《黄生借书说》曾经感动过多少寒门子弟！

人 生 嗜 好

愿你游览于书山，完成你不断超越的精神之旅；愿你翱翔于书海，实现你心灵境界的不断超升。拥有健全的人格和高尚的精神，才是未来世界的真正主人!

书山有路勤为径，高卧书香魂安眠。

万柳胜境

古人云："富润屋，德润身。"

尽管谁都明白财富乃身外之物，德行才是自己终身的瑰宝，但是红尘滚滚的人流中，人们仿佛都在为财富奔忙，犹如那蝜蝂小虫，遇物辄取，以积累金钱作为自己辉煌的事业。更有甚者，为了钱财而不择手段，或坑蒙拐骗，或巧取豪夺，养成贪婪攫取的习惯，追求醉生梦死、奢华淫靡的生活。尤其是一些贪图享乐的富贵官僚们，特别喜欢大兴土木，挥金如土地修建豪宅与园林，别墅落成之后，往往一年来住几天，甚至终身未去一次。而那些广大的急需房屋的贫困者却无处安身，那些勤勉王事的廉洁公仆则无暇顾及个人的闲适享受。由此看来，热衷宽楼广厦的只不过是平庸卑琐之辈，他们也不过想凭此向亲朋好友炫耀自己的财富与权势，体现出一种极不健康的扭曲心态。

与永恒变化的宇宙相比，人生则如白驹过隙般的短暂，即使再富丽堂皇的亭台楼阁，也经不住时间沧桑的淘洗，烂漫绽放的鲜花必定会凋谢，金碧辉煌的繁盛之后，一定是断壁残垣的萧瑟，烈火烹油的热闹场景，将会变成白茫茫大地一片真干净。

桐城三祖之一的刘大櫆有一篇《万柳堂记》，记载了一个这样的真实故事：康熙朝宰相临朐人冯溥是一位"无可訾亦无可称"的贵人，虽然他为朝廷网罗过不少人才，也得到当时许多著名文士的誉扬，但他毕竟是一位附庸风雅热衷园林的人，还特意将建造于城东南的别墅称为"万柳堂"，袭用元代大臣廉希宪别墅的雅号，园的面积达到三十余亩，园内景象可以越过矮墙进入墙外骑马人的视线，随着地势的高低全部种上柳树，弯弯曲曲的小径通向幽静的深处，低洼处掘成池塘，池塘边种上芦苇，平静清澈的水面犹如明镜开张，蓝天白云、亭台楼阁与萧萧芦苇一齐倒映水中，确实别有境界。

这个曾被杭世骏描述为“半天婀娜绿梯抽，拂拂新条乱打头。两翼画栏红不断，荻芽茭叶满春流”的万柳胜境，随着它的主人的离去，渐渐走进时间无情的激流之中。雍正初年，刘大櫆刚到北京时第一次游万柳堂，还多少有些亭台水阁；而第二次到那里，以前凌空飞架水上的画桥，已经欹塌斜卧在水中了；当第三次再去，则见园中所种的柳树，都被斩伐干净，无一幸存。曾经以万柳为标志的园林最终成为一个无柳的禅寺，声声钟磬木鱼的清响，传出无限的寂寞与凄凉。

人世间的富贵荣耀，总是随着时间升降沉浮，万柳堂就是鲜活的例证。那么，人们如果能够领悟其中的真谛，就不应该羡慕富贵名利这些身外之物。而那些已经置身富贵的人们，则更应当深怀忧虑，长怀履冰临渊之心，万万不能靠搜刮民脂民膏来建造专供自己享乐的别墅园林。

豪奢生活必然带给人追求安逸的永恒惰性，一个人的享乐最多只会毁掉他自己，一个家族的奢华最多也只能毁坏一个家族，而当一个民族一个国家都变成食利者的时候，那必将是这样的结局等着他们：整体性的从这个世界上消失。就像当年罗马人那样，他们占领了整个欧洲，成了奢华的主角，并残暴地毁掉了希腊的文明，最终也只能全部消失在时间的大海里。在当今到处充满无限贪婪攫取者的世界里，让我们保持我们民族最美好的本色吧：勤劳俭朴，戒绝奢华。留给子孙的不能仅仅是财富，而要让子孙变成你最骄傲的财富！

生命的色彩

儒家经书上说："文章者，夏尚黑，殷尚白，周尚赤，此之谓三统。"

尚黑、尚白、尚赤，表现古人对生命起点、事物本质、宇宙初始的认识。

尚黑者，注意到生命的最初萌动，泰卦为"下天上地（乾下坤上）"天地交泰，春季来临，万物开始孕育萌动生命的胚胎，作为人与动物来说，即是男女婚配或雌雄交媾，春天的时候，动物发情交配，孕育生命。古诗里说"有女怀春""有鸟鸣春"就是对这种现象的形象直白的表述。阴阳交合，孕育生命的时刻是最玄妙的，故老子称孕育生命之门为"玄门"，并说"玄之又玄，生命之门"。夏人对宇宙生命的理解已经表明人类找到了生命的玄妙起点。

尚白者，看到的是生命诞生时刻的那份欣喜，草木萌甲，种子的萌芽已经破土而出，娇嫩的婴儿已经冲破母亲子宫的胞衣，呱呱坠地，黎明的曙光已经来临，宇宙间肥沃的大地上到处是一片生机，尽管生命的嫩芽还十分柔弱，但是新生已经蕴含了无限的可能性，蕴含了无可阻挡的强大的生命能量，将预示着茁壮成长的生命历程已经拉开了序幕。殷人是崛起于东方的民族部落，他们战胜了来自西方的夏人，展示了他们对生命萌芽的美好期待，这也符合人们的普遍心愿，每当一个新生命降临，人们为什么欢天喜地呢？难道是这个生命将来必定会大放光彩成就一番伟业吗？显然不完全是，而是人们在新生命的身上寄托了无尽的希望，所以人们无不欢欣地歌颂初升的朝阳霞光，欣悦地歌唱初生的草木嫩芽，虔诚地祝愿刚刚诞生的婴儿。

尚赤者，看到的是一种蒸蒸日上的生命气象，周人崛起于西方，正当殷商末期君王昏庸残暴、朝政黑暗腐败、生灵涂炭的危急时刻，周人决心推翻殷商暴政，大济苍生，解民于倒悬，要干出一番惊天动地的伟业，所以向往轰轰烈烈的赤日当空、艳阳高照的辉煌灿烂的盛大气象。他们欣赏生命成长的繁荣茂盛、如火如荼的景象。在这时，适时地进行滋养、培育，顺从万物的天性，疏导百姓的积怨，就会燮理阴阳，天下太平。而初生的嫩芽将会成为栋梁之材，新生的幼儿将会成为经天纬地之才。周朝多思想家、军事家、政治家就是因为这个原因。孔子说“吾从周”，即表现了对周代礼乐制度的肯定。儒家的经书无不将最高的赞美献给周代开创的礼乐文明。我们现代的社会不管如何改革进步，请不要忘记：我们的起点实际上是从周代开始的。

这就是儒家关于生命本质及其发展的看法在颜色方面的显现，树立了赤色（红色）为正色之后，像东汉末期的王莽篡位就被历史学家骂作“余分闰位，紫色蛙声”，是一种僭越的恶行。汉代崇尚红色，因为汉人认为汉德属火，颜色尚赤，所以将农民起义军的“黄巾军”骂作妖孽。当代我们的国旗颜色又是尚赤，预示着中华民族将会获得新一轮的伟大复兴。

一轮红日升起于东方的天幕，镀亮苍茫大海和莽莽山川，我们期待强盛的新时代早日来临！

松风水韵

崇山峻岭啊，挺生着苍翠灵动的罗汉松，群壑溪涧哟，流淌着清亮温柔的绿丝水。松松水水，相依相偎，松蕴碧水，水映松荫。松风水韵，千古如斯。

罗汉松呀，你有大丈夫雄健的体魄，宽阔的胸襟，坚毅的意志，也不乏铁骨铮铮的柔情。你遒劲的躯干挺立在大山与蓝天之间；你鱼鳞的皮肤任岁月雕刻古朴的年轮；你钢针的尖叶挑战风霜雨雪的侵凌。你餐风饮露，滋养蜿蜒缠络的根系；你积雨聚雪，含蕴温润甘甜的水源。你们齐心协力，从遥远的太古穿越现代时空，孕育出千万条纯净透明的小溪，终于汇集成这摇漾着涟漪、风姿绰约的绿丝水。

绿丝水哟，你有美少女姣好的容颜，温柔的情怀，甜润的姿态，也不乏坚毅执着的憧憬。你与山石曲折，随物赋形，以无形衬托有形；你摇荡着清波，涵融山光草色，让蓝天白云投下美丽的倩影；你用甘甜的乳汁，无声无息地滋润大地，看花开花落，品春华秋实；藻荇牵丝翠带长，你的秀发随着柔波轻轻摇曳，让鱼虾河蚌在鹅卵石与绿丝之间建造温馨洁净的家园；你带着无限的向往将飘落的花瓣和松针载出山外，放飞青松和大山的梦想。

“长风驱山谷，声拂万壑清。”这是哪位古人的诗句呀，写出了松涛的神韵。千千万万的松针迎着阵阵天风，摇曳着，撞击着，呼啸着，铺天盖地，漫山遍岭，形成无形有声的松涛，奔腾在崇山峻岭之间，轰鸣于碧水蓝天之际。绿丝水呀，赶忙弹响无弦琴的和弦，用水石潺湲的淙淙玉音，以浪花涟漪的快乐音符，应和着波澜壮阔的滚滚松涛，演奏出天地之间美妙绝伦的交响乐章。

古人云："岁寒然后知松柏之后凋。"又说："上善若水，止于至善。"还说："石蕴玉而山辉，水怀珠而川媚。"松、玉与珠、水，交相辉映，共同创造出天地之间最美的松风水韵的传奇。

卧听松涛

松竹梅号称“岁寒三友”，竹涵君子的清雅，梅散君子之幽馨，唯松蕴君子之刚贞。我爱竹的“清风传雅韵”，也爱梅的“暗香浮动月黄昏”，更爱松的铮铮铁骨无畏精神。

春暖花开日，三五明月夜，秋高气清时，冬风凛冽季，一年四季都适宜卧听松涛，品味那天风海雨的雄浑意境。

春天，风和日丽，水润山辉。松林刚刚脱去重裘，换上嫩绿的春衣。春天的松涛犹如婴儿的甜歌，柔和清新，充满希望的朝气，含蕴百草的芬芳。要听松韵，最好去有瀑布的溪边，寻觅年轮十岁的嫩松林，找一处厚厚松针铺地的幽静环境，曲肱而卧，头枕流泉，身披绿茵，一边品味野花嫩草的甜润馨香，一边欣赏瀑布飞泉的淙淙玉音。然后，静静等待松涛的来临。你听，它来了，细细碎碎、淅淅沥沥地，仿佛从那白云的缝隙，从那山峰与蓝天相接的地方，轻盈曼妙地来了，它像踩着棉花绣被那般柔软，又像凌波微步吹皱湖面，荡漾着万千涟漪，沁人心脾地将你包围起来，摇撼你的心扉，抚摸你的伤痕，轻掩漫盖使那瀑布泉声若有若无，如断如续，你沉浸在春天的意境之中，或者幸福地酣眠。

夏夜，暑气如蒸，蚊吟如雷。流水潺湲，松盖荫凉。松针已经变得墨绿坚劲，轻轻摇动就会发出强劲的轰鸣。要听松涛，最好趁十五的月圆之夜，去那临河的竹楼，仰首观明月，俯身听流泉。竹楼的四角如飞鹰展翅，翼然临空；窗前的凉榻，使肌肤浸润，你轻摇蒲扇，扑萤驱蚊，看月光如水，品荷花清香，静静等待松涛的到来。你听，它来了，从那明月映照的山谷溪涧，从那蛙鸣如潮的稻田秧林，从那静谧安恬的村落檐间，气势磅礴地来了，仿佛染成银色的波浪，滚滚滔滔，漫山遍野，摇动竹楼檐下的风铃，掠过汗涔涔的身躯，携带着稻花的清香，让你进入清虚灵境，让你产生丰收的希望，山风浩荡，松涛阵阵，每夜都会如期光临你酣畅的梦境。

秋天，金风送爽，玉露如珠。天蓝如洗，枫叶流丹。要听松涛，最好去那山中，去那百年老松林，躯干嶙峋遒劲，枝叶扶疏，松间沙路，洁净无泥，无灌木杂草，无蝇蚩纷扰，你可以躺在猎人简陋的床榻上，品味“明月松间照，清泉石上流”的绝妙诗境。然后，静静等待松涛的到来。你听，它来了，从九天宫阙的辽阔太空，从海上仙山的渺渺沧海，铺天盖地而来，大地仿佛在沉陷崩塌，四面都是强劲浩荡的轰鸣，“长风驱山谷，声拂万壑清”，雄浑劲健，涵盖天地，你弄不清自己是在松林的大海中，还是在海上的松林里？你就安静地浸泡在这松涛中吧，这是亿万年如斯的癫狂野性的山啸，是最雄壮豪迈的苍松的心灵之歌。

冬天，朔风凛冽，雪花飘飘。草枯叶落，泉声呜咽。在万物凋零的严寒之中，只有松树依然苍劲挺拔，松子成熟，松球在风中摇落，根根松针如钢筋铁骨，精神抖擞，无惧任何欺凌与挑战。显示出男子汉大丈夫刚毅雄强的斗志。这时节，要听松涛，只要静卧在温暖的被窝倾听窗外。你听，它来了，从彤云密布的天幕，从雪域凄寒的旷野，毫无遮拦地呼啸而来，你会惊悚震撼，汹涌的松涛与天风酷寒展开殊死的搏斗，这种不屈不挠的精神能使懦夫立志，更能激起人们闻鸡起舞的万丈豪情。

数十年静听松涛的经历，使我对青松产生无限的崇敬，由衷对松涛要送上无尽的赞美。做人就要如松，须有坚贞铁骨，冰雪精神！

竹林清韵

家住竹林，一年四季与竹生活在一起，颇能体味竹的清韵。古人说“宁可食无肉，不可居无竹”，诚哉斯言。

记得小书房的墙上曾挂着一副对联：“水能性淡为吾友，竹解心虚是我师。”我很喜欢这清雅纯净的小联，因为我书房的北窗正对着一条清澈的小溪，来自那幽深神秘的涧壑山坞。这水是从竹林里流淌出来的，有来自竹叶尖的清露，也有来自竹编根须的清泉，它们汇集在响水岩，形成瀑布，跳进金牡丹河，日夜发出清脆的乐音，然后去滋润两岸的庄稼、野草和野花。水中成千上万的石斑鱼、小螃蟹、米虾在石缝里安家，在清亮透明的水中游泳穿梭，还有成群的小蝌蚪摆动着柔软的小尾巴，晃着大脑袋似乎在找妈妈，而他们的妈妈啊，躲藏在河边的草丛里或河岸的石洞中，呱呱呱地叫着呢。大蜻蜓巡视来了，振动那美丽的大翅膀从水面掠过，飞向岸边翠绿的稻田。花蜘蛛们在河道上或弯角处织起网，静静等待撞上来的粉虫、蚊子、苍蝇、甲壳虫们。早醒的大姑娘们睡眼惺忪地来到溪边洗衣，光溜溜的砧石上响起棒槌的敲打声，溅起一串串晶亮的水花，还不时传来一阵阵银铃般的笑声，要是傍晚沐浴之后，姑娘们则趁着晚霞或披着月光浣洗，既洗涤衣物，也洗涤心境，那是她们谈情说爱、休闲嬉乐的美好时光，令人想起王维描绘的“竹喧归浣女”的动人画面。我总喜欢在清晨或傍晚面对小溪读书，琅琅的书声多少也带着点小溪的灵气，感到从声音到肠子都清爽敞亮。

沿着小溪向上游走，你会看到千姿百态的竹子。溪边是三四尺高的簇生的小水竹，翠叶碧杆，扎根于石缝或泥沙中，摇曳在清风里，在河湾碧绿的沉潭上面凌空伸展，并在水中投下倩影，呵护着水里的鱼虾。春天兰花飘香的季节，溪边沙石之间会冒出许多竹笋，紫色的胞衣脱落飘到水面，像漂浮的小船，随清波流淌，让你想起韩愈的诗句：“穿沙碧竿净，落水紫苞香。”岸上则丛生着孝顺竹，高达丈余，密密簇生成一堆，像一个绿色的圆球，中间密不透光，那紧紧相依为命的形态，让你感受到一种和睦宁静的氛围，有风吹来，竹叶轻摇，像沙沙耳语，又像幼儿园小朋友们的甜声小合唱。临水居住的农家则喜欢种植仲竹，建圆形的三尺高的石墙围住，决不让竹根伸出墙外，让竹子簇生在圆圈中，竿高三丈多，有婴儿手臂那般粗，两丈之上才见到它们浓密墨绿的长叶，肥厚重大，一律低垂，微风过处，发出沉重的响声。仲竹主要用于编制竹器时锁边，所以农家会给它施肥，故高大雄伟，乌绿发亮。

再往上走就是规模宏大的凤尾竹林，它们漫山遍野，溪流两岸，巨石岩边，柴草深处，不择地而生，或与松杉灌木们和平相处，你能感受到竹林是一个巨大的动物们的活动场所，溪水中有游鱼戏虾，草丛里奔走着觅食的蚂蚁、甲虫，花丛中翻飞着彩蝶、红蜻蜓、灰蜻蜓、绿蜻蜓，柴草中有肥胖的锦鸡、跳跃的铁麻雀、唱歌的黄鹂、睡觉的猫头鹰……平坦的草皮上躺着牧童，旁边是静静吃草的黄牛黑牯和它们的牛犊，悠闲地甩着尾巴，有一种杨万里诗句“童子柳阴正眠着，一牛吃过柳阴西”的意境。

早晨霞光万道，射进竹林，在密密的叶缝间形成一串串七彩的光圈；中午时分，绿荫匝地分外阴凉，竹林中到处是乘凉歇脚的人们，和着溪流的清韵，传出他们说话的声音，但看不到人影，就是王维诗歌描写的“空山不见人，但闻人语响”的境界；下午太阳偏西了，山谷溪涧就会吹响起山风的号角，形成阵阵竹涛，尽管没有松涛那样波澜壮阔、气势磅礴，但是你分明感到清亮的粼粼柔波在眼前晃荡，片片白云在广袤的蓝天上飘飞，像绿色的笛韵，青色的弦音，温柔地抚摸你的耳朵，沁入你的心扉；傍晚时分，夕阳西下，苍烟落照间，山岚从山谷里升起，村落的房顶上也炊烟袅袅，正是“山气日夕佳，飞鸟相与还”，也是“野老念牧童，倚杖候荆扉”的时候，牧童骑着黄牛下山，樵夫担柴归来，山林渐渐沉浸在无边的静谧之中。这时刻，我多么渴望出现杜甫诗中的佳人，但不再是躲避战乱的凄凉，而是“天凉翠袖香，日暮倚修竹”。忽然，月出于东山之上，徘徊于斗牛之间，清光遍地，竹林沐浴着银辉，呈现水墨画那样的黑绿色，开始享受夜雾甘露的滋润。

家家灯火的小山村，走进了万籁俱寂的佳境。

灯下，我打开了书本，静静享受夜风的轻柔、溪水的甜歌、竹林的清韵。我突发诗兴，迅速挥笔写下一首小诗。《竹韵》：

结庐竹林里，碧叶映窗扉。清风来四季，书香入翠微。霞幻五彩圈，雨化银丝飞。雾凝珍珠露，岚开灵气来。心虚学竹节，气傲凌霜雷。弹琴月下啸，意欲慕王维。行到水穷处，坐看云起时。清泉流幽韵，野花伴落晖。萤火度暗幕，飞霜照雪衣。鸟影竹影叠，岚烟暖烟随。境随蓝空远，情逐暮云低。端砚磨翰墨，绿茵题素诗。

仲夏夜的风

我怀念故乡的仲夏。

仲夏，是一年中最舒心爽快的季节。你看那山林，整个儿换上了嫩绿的夏装，碧草芊绵，亮得逼你的眼，正面闪着油油的绿光，背面则傅着一层青粉，像婴儿般可爱；翠竹昂起低垂的头，叶子由去年冬天的乌黑墨绿变得轻盈嫩翠，那新生的毛竹，身上还带着白粉，箨衣掉落一地，所有的枝条都伸展出嫩叶，在五月麦黄风里摇曳着，真个是“有风传雅韵，无雪试幽姿”；青松叠罗汉一般，挺生出嫩枝，头上举着一支支火炬般的花穗，等到冬天将会结满松果，叶子青葱得像泉水里洗过似的，根根松针，柔中带刚，随着山风的节奏，唱响松涛的清韵，仿佛每一棵松树上都溅起无声的浪花；松树下的草丛里，那陈年的枯草根部，冒出一簇簇的野生蘑菇，新鲜光滑，淡红色的菌冠，浑圆柔润，伞柄粗壮，菌齿清晰，浑身散发出野性的芳香；山脚下的农家菜园里，五月的新鲜土豆到了收获的季节，圆形叶片茂盛碧绿，茎干粗壮厚实，那埋在肥沃泥土中的根部，都是泛着清香的壮硕土豆啊，那么光滑鲜脆，它柔嫩掐得出水的薄皮，只要用指甲轻轻一剥，就会完整地脱落下来，你都想生的吞下去啊！还有，你再看那半山腰的梯地，金黄的麦浪随风起舞，令人想起麦粑的香甜，手擀面的芬芳。打麦打麦，嘭嘭啪啪，声在山南映山北，女人高举连枷的笑声中穿插着孩子们的喊叫，麦草堆里有无穷无尽的躲猫猫的情趣。夜晚，乡场上，牛粪的青烟中，人们坐在竹凳竹椅竹床上，端着大碗的土豆煮手擀面，面汤中浮着几片松菇和葱叶，那味道是何等鲜美！舌根和胃肠是最幸福的，从嘴到肠都泛着五月的芬芳。这芬芳里洋溢着农家每年第一次尝新的欢乐和劳动收获的滋味，那是田园诗的生活。

仲夏季节，也是暴雨频发的时候，往往上午还是阳光普照，热浪滚滚，一到下午就乌云密布，电闪雷鸣，暴雨倾盆，但是你别急，一会儿工夫，雷声熄灭，乌云散去，天青得像蓝宝石似的，四周的山林湿润芳洁，小河里奔流着激浪，柳枝在晚风中摇曳，鸣蝉从树叶间传出，也别具情趣。晚霞烧红天际的时候，炊烟再次升起，人们很快就会端出香喷喷的麦粑、松菇汤面、土豆青椒丝，在繁星缀满的天幕下，在灯火摇曳的乡场上，享受夜风的清凉。接下来的那将是又一个酣畅淋漓的梦境。

于是，我作小诗一首，聊抒胸襟，追念我童年的幻梦。《仲夏夜的风》：

天空璀璨着星辰，地上飞舞着晚风。原野浸泡着氤氲，柳枝摇曳着蝉鸣。

炊烟袅娜着山村，翠竹吟唱着晚韵。蘑菇清润着松声，鲜蔬温馨着舌根。

仲夏凉爽着身心，夜风低吟着诗情。灯火辉煌着憧憬，祝福温暖着精灵。

早　晨

天空布满浅淡浅淡的白云，云隙间隐现出嫩蓝嫩蓝的天幕。太阳从东面乌珠尖右边的山坳里露出了红彤彤的新鲜的圆脸，顿时，灿烂的光辉，编着七彩的光环，朝那碧绿如茵的稻秧奔来，泻在墨绿墨绿的肥嫩的秧苗上，挂在一扎儿齐、生机蓬勃的叶尖上的千万颗珍珠露，晶莹剔透地反射着太阳的光芒，在层层梯田的广阔的禾尖上辉映出一片薄薄的透明的轻雾，与那山谷里浅蓝色的晴岚，与那热烈奔放的彩霞连成天上人间的绝妙景致。

那些昨夜因为追求灯光，还赖在窗棂间过夜或藏在树荫草叶下休息的飞虫们、蝴蝶们、蜻蜓们，扑腾着翅膀，薄纱般透明的翅膀，向亮处飞，向高处飞，向好处飞，飞进五彩缤纷的霞光里，飞进气象万千的绿色中。像脱离羁绊的囚徒获得了自由，像渴慕乳汁的婴儿找到了母亲温柔的胸脯。河沟里绿田中，传来青蛙纵情奔放的欢歌，远处树林间白雾里，传来饱含无限诗意的鹧鸪的长鸣，应和着牧童的竹笛、黄牛黑牯项下的铃铛，繁茂鲜嫩的草丛中传来绿色的情韵。

我坐在这令人陶醉的早晨的胜境中。

望眼中，那耸立河岸的乌桕树，一身绿光闪闪的新叶，像一条绿色的长城，精神抖擞地护卫着河堤，看护着这一望无际的稻田，欣赏着这丰收在望的美景，品味着清风酿造的芬芳。它们的脚下是泛着清波的小河，河边是纵横的阡陌。成群结队的人们，从那岚气充盈的峡谷溪涧中走来，从绿色的田埂上踏着露水走来，从敞开的门洞里扛着农具走来，走在这透明洁净的雾气中，走在这浑红明朗的霞光里，他们在创造比这早晨更加美丽的早晨。

于是，我打开了书本，到另一个世界去寻找更加别样的早晨。

晚　霞

平天湖畔，大青山前，天使之翼公园。

粉红、浅红、深红、桃红、柔红的霞光，包裹宇内，囊括四海，席卷人间，幻化出豪华奢侈的镀金宫殿。

长发飘逸的红柳是盛装的伴娘，芳翠如茵的草坪是平铺的红毯，万顷靴纹的湖面，红绸似的晚风在凌波微步，激情澎湃的蝉鸣，奏响晚风中紫红色的合唱。

夕阳下，晚霞中，大自然仿佛在举行一场气势恢宏的婚礼。

你那白色的连衣裙也涂上一层均匀的金红，裙裾轻扬如仙袂飘飘；你那圆月的脸庞泻满炽热的渴望，温柔的眼睛流淌出嫩红的向往；你伸开的双手似乎在等待热烈的拥抱。

我心潮起伏地向你走去，恣意展开狂飙的幻想……

忽然，一个天使般一身洁白的小姑娘，飞奔而来。原来你已经是一位幸福的小母亲，小女孩的后面跟着她英俊潇洒的父亲。你们一家依偎在无边的晚霞之中。

祝福你，晚霞中的女神。愿你全家永远拥有晚霞般殷盛的幸福。

我走开了，走进记忆的晚霞的梦中……

月　夜

今夜的满月，亮得出奇，美到极致。

我们不由自主地走向旷野。

蓝空似洗，白云映月，多么清静明洁的境界。

娥挽着我的臂膀，我们甜蜜地走在月光中。

满身披月，姗姗漫步；两影涂墨，双眼灿然。大有身心舒展羽化登仙之感。此时，草虫幽鸣，溪流有声，桂子飘香，奇妙无穷。

忽然，眼前横一小石桥，三面斑竹掩映，竹影如画石上，浓密处一团墨色，稀疏处空灵飞动，绝妙化工之笔！石拱下面，小水环流，琮然玉音。一只年近古稀的石蛙，敲着破铜锣嗓子，打破静谧的境界，似忧似乐，似今似古；旁边茂密的草丛，夏虫千万，长吟短啸，兼有流萤飞渡，更添情韵。

青山四合，蓝空高悬，明月辉映，竹树参差。走在这月夜下的石桥上，不忍移步，顾影徘徊。

我们紧紧依偎在一起，享受这无边的清夜……

夏 泳

四面青山护翡翠，水映白云摇空碧。

应时瓜果每飘香，虾壮鱼肥乐无际。

十年寄居钓鱼湖，真的过着纯绿色的健康快乐的生活啊！

这里，空气清新芳鲜，四季风景如画。春暖花开，蜂飞蝶舞，香风阵阵；夏阳如火，硕果累累，瓜果香甜；秋高气爽，虾丰蚌满，桔挂灯笼；冬雪飞舞，鲢肥鲤壮，喜迎新年。这里，“夜雨剪春韭”“摘我园中蔬”“碧波钓锦鳞”“灯火诱河虾”，多么富有诗意的田园生活！还有，葱根烧猪肉，丝瓜炒蛋清，松菇炖仔鸡，湖水煮湖鱼，那美味啊，准能令你垂涎三尺！

这里，还有更加令人难以抗拒的诱惑，就是游泳钓鱼湖。三伏暑天，骄阳似火。人间似蒸笼，人人如蒸馒。树荫无凉意，风来汗身满。此时，那千顷碧水，万种温柔，诱惑你召唤你投入她的怀抱。啊呀，好干净明澈的湖水哟，脚踩岸边细软的白沙和光滑的鹅卵石，游鲹和米虾从你的脚边腋下穿行，你也变成了一条游鱼。仿佛母亲温柔的手掌，抚摸着你的肌肤，又像甜润的汁液滋润你干渴的喉咙，你沉浸在无边无际的清凉之中。你躺在水面，极目深邃苍穹，看云卷云舒，任清风拂面，闭上眼睛就仿佛进入了辽阔的灵虚太空；你翻转身子，拨开翡翠蓝绸，使浪花四溅，跟涟漪亲吻，睁开双眼就宛如进入了晶莹的水底龙宫。

夕阳西下，晚霞消退。清风起于湖面，繁星缀满夜空。归舟渔歌唱响，灯火摇曳霓虹。这时，你神清气爽，心满意足地走进那香甜清亮的梦中……

叶　语

清晨，清洁工正在打算清扫马路上红红绿绿的香樟树叶，忽然听到树上传来新叶与陈叶的对话，于是她静心聆听：

“妈妈，您怎么啦?”新叶舒展柔嫩的娇躯，担心地说。

“孩子，我就要离开你了。”陈叶有点留恋地回答，声音里带着离别的感伤。

“为什么呢？我还没有长大，您就要走了吗？您走了，我怎么办呢?”新叶很焦急地说。

“别怕，孩子，你是最棒的！去年，我像你一样大的时候，我也这样问过我的妈妈。”陈叶感慨地说。

“妈妈，您的妈妈曾经对您说过些什么呢？能教教我吗?”新叶忽然明白了什么，央求妈妈教诲一些人生的经验。

“我妈妈曾经说：孩子，为了你能更好地生长，我必须离开，因为我多待一天，就会多耗费珍贵的养分，会影响你们的发育；再说，我们长辈经过去年冬天风霜雨雪的磨炼，已经变得老迈无力了，为了你们能够享受春天的雨露阳光，我们不得不与冰雪抗争，现在好了，春光明媚，百花飘香，正是我们应该退隐的时候了，死在春天里是一件很幸福的事情呀。古人说：‘芳林新叶催陈叶，河水前波让后波。’这是新陈代谢的自然规律嘛，孩子们，别为我伤心，我们飞向大地，是回家，我们会埋进泥土中，我们的灵魂会变成香樟树根的养分，我们的魂魄是芬芳的。”陈叶激动得有点得意了。

“太感人了！妈妈，您还有什么嘱咐的吗?”新叶有点泪光了。

“孩子，活在树上的时候，是一种幸福，你要珍惜，你看你，柔嫩娇娆，绿光闪闪，渥润芬芳，你们是这个城市最美的风景，但是，希望你们记得我的留言：阳光是你们的大恩人，要多多跟它接近；雾霾是你们的敌人，要跟它战斗；春夏之交会有恶劣的狂风，它们凶恶残暴地翻转撕扯你们的身躯，你们千万要紧紧抱住枝条，不要畏惧，也不要掉以轻心；暴雨和雷电也会袭击你们，更不要屈服，记得一定要紧紧抱住枝条，还要大家齐心协力团结合作，只有经受住打击欺凌的叶子，才能够健康活下去，你看我的遍身伤痕！”陈叶骄傲地说。

“啊呀！原来活着如此艰辛！”新叶看看自己娇嫩的身子，不禁有点惧怕。

“孩子，别怕啊，该来的总会来，该去的也一定会去，以一颗平常心快乐的生活吧！我在那边依然为你祝福！”

忽地起了风，陈叶奋力挣脱了枝条，以从未有过的潇洒舞姿翻飞着飘向大地，正所谓“将飞欲作回风舞”啊，生命最后的时刻依然那么美丽。它正好落在清洁工的扫帚上，依然仰面望着正在蓬勃茁壮成长的新叶，“已落犹成半面妆”，死也要死得有人样啊！呵呵，我一点也不寂寞，马路上都是去年一起战斗拼搏的兄弟姐妹啊！“落红不是无情物，化作春泥更护花”。香樟树的生命是一首美丽的歌！

清洁工太感动了，她细心地把飘落的红叶收集起来，放进篓子里，她要把它们埋起来，立一座香冢。

香樟树，是这个城市的市树，年年都在上演生命的美丽轮回。让我们向春天的落叶致敬！

霾

我是霾，雾霾之“霾”。

我主要爆发于冬天，《诗经·终风》篇说：“终风且霾。”终风，即风。已经刮风，是下霾的背景。北风劲吹，卷地而起，自然扬起灰尘，然后像雨一样落下，人类遂称这种夹杂尘土的东西为霾。那种北风呼啸尘土飞扬乌天黑地的景象就是“终风且霾”。

啊，我历史悠久，源远流长。但是，早年的我，有害并无剧毒，毕竟都是一些包含营养的泥土，因为你们人类恣意砍伐、无节制地耕种放牧而破坏山林草原的环境，导致大量浮土细沙如粉如齑，如尘如雾。

我在黄河流域几千年征战杀戮、争夺蹂躏的血雨腥风里渐渐成长壮大，联合河流湖泊上空蒸腾的水汽和山间林地的青岚，再吸收那袅袅炊烟和焚烧的烈焰，组合成一个强大的雾霾集团军，在北风的战鼓的催促下，沿着光秃秃的山冈从黄土高原长驱南下，扫过黄河，跨过长江，一直飞扑珠江，然后投海自尽。千古如斯，循环往复。沿途我又获得几个新的名称，北方人恶狠狠地骂我“沙尘暴”，而南方人则温柔亲昵地称我为“黄霜”。我阻碍人们的视线与交通，污染森林和水源，我帮忙制造事故，我引起呼吸的疾病。

两千年的发展，随着人类科技水平的不断提高，我也变得越来越强大，我那兼包并蓄的胸襟无限宽阔，我的身躯变得越来越粗壮厚实，小风小雨对我来说只是麻姑挠痒，除非北极强大寒潮南下，不能动摇我的根基。我扎根于日益疯长的城市街道的滔滔尾气，吸纳石化厂、发电厂、肥皂厂、农药厂的烟囱里滚滚的毒气，还有广袤的收割的农田里燃烧秸秆的浓烟，外加垃圾焚烧的塑胶味，下水道里手纸搅和粪便的臭气，凡是人类认为没有用处的东西我都会收容，所以我才能如此威武雄壮，我遮天蔽日，淹没高楼大厦，笼罩村庄，包裹宇宙，囊括四海，天地间无处不在，又无影无形。我大展身手，让肺癌等疾病恣意蔓延，让各种病毒细菌传染源轻而易举地南北交流，我将那些尊贵的、低贱的、富裕的、贫穷的、漂亮的、丑陋的、善良的、凶恶的人们紧紧拥抱在一起，让他们同呼吸共命运，我终于实现了人类苦苦追寻的绝对公平的社会目标。

但是，我也知道：人类多么恨我！其实，我也恨自己，恨自己的无情，恨自己的凶残，恨自己的阴毒。不过，人类啊，我是你们制造的，我就是你们狂妄自大地改天换地造成的呀！我也希望你们停止制造汽车、建造高楼，不使用化学产品，恢复河流湖泊远古的清澈，恢复森林草原植被的绿色，减少荒漠，扩大湿地，让蓝天大海永远相伴。

不是我心太狠，而是你们人类的心太大了。

藤

藤，是一种有攀缘茎的木本植物。

大山里随处可见这种绿色的藤萝。缠绕的攀缘，是一种古老的生存方式，也是渴慕阳光的心态展露，更体现出一份坚毅与执着。

我背靠着一棵百年古松，他身上缠满了常春藤，粗壮的藤茎上，挂满了枯叶与新叶，松树的皮肤都被藤茎与藤叶包裹起来了，那攀缘而上的嫩茎悬挂在树枝间，随风摇曳。阳光下，松针与藤叶，相互安慰，相互依存，并熠熠闪光。

一年四季，风霜雨雪。藤依恋着松，松呵护着藤。

春日阳光融煦，百花盛开，香风阵阵，泥土也吐出芬芳。藤赶忙抽出青青的新叶，梳妆打扮，给松树增添一些风韵；冬天，风凄雪虐，藤叶凋零，只剩下乌青发黑的藤茎，还死死地抱紧松树粗糙的躯干，而此刻，松针依然墨绿坚挺，“岁寒然后知松柏之后凋”，松似乎对藤说：“有我在，你就不会枯萎。我永远是你的靠山。”

“山中只有藤缠树，世上哪有女求男。”我唱着中国古老的民歌，想象神往妹妹的尊贵与高傲。“我愿意是一棵树，只要我的爱人是青色的常春藤，沿着我荒凉的额，亲密地攀缘上升……”我又唱着西方的情歌，藤一样的妹妹，多么温柔可爱，妹妹呀，你在哪里呢？

忽然，天风浩瀚，松涛震响。仿佛世界末日已经降临。原来一群木匠提着斧子和钢锯，环绕松树觊觎。

大厦需要栋梁。

木匠砍斫着松树，伤口处渗出浓浓的松脂，那是哭泣的香泪；树冠从云间飘摇倒地，轰然地发出愤怒的咆哮。木匠又斩断藤茎，伤口处流淌青涩的血浆，那是积存了一百年的爱恋，藤哭泣着慢慢死去。

为了一栋房子，人类残忍地终结了一场旷世奇缘，一百年的苦苦追恋。

晴岚赋

【序曰】岚，竹林松间、山谷溪涧朝暮之青霭也，山人以为大地所吐之气息。故乡常有之，尤特爱晴天之岚，作《晴岚赋》。

天地之间有精灵之气，其名为岚；岚生于山间之朝暮，晴岚独胜：蓝天如穹隆之宝盖，青山叠翠；清泉如琼浆之娟洁，竹林荫翳。朝阳幻五彩之光圈，岩石苍黑；石根吐缭绕之雾气，岚霭晓发。林间漫琅玕之翡翠，岚飞笑靥；嫩叶裹轻纱之透明，略无厚薄。

忽远忽近，变幻莫测；飘如轻烟，邈若飞絮。忽东忽西，超跃腾挪；静如仙姝，动如脱兔。忽厚忽薄，开阖动荡，手不可掬；忽明忽暗，炫惑闪烁，目不可接。无轻无重，混沌曼妙，脸不可触；无味无质，空灵虚渺，鼻不可嗅。远观若有，近看却无。填坑塞谷，横峰断路。迷茫四顾，不知所处。同流云之飞逝，犹炊烟之袅娜。若清风之旖旎，似青霭之丛薄。蒙烂漫之山花，遮青翠之玉叶。含香雾之芳菲，融暖翠之馥郁。润白石之灿灿，蒸苍岩之赫赫。吟清泉之潺湲，啸松涛之壮阔。幕天席地，悦清音之泠耳；心旷神怡，驰野马之奔骛。

水阔山长，骋缤纷以万象；博古通今，接苍茫于须臾。日薄西山，山光凝于紫翠；晚霞消退，空谷贮以黯黛。鸱鸮山鬼，乐黯岚以吟啸；魑魅魍魉，借昏霭而狂舞。忽月出于东山，乾坤开鉴；银辉倾泻广袤，涧壑洞彻。清光柔于暮岚，仙境清迥；群籁和于笙箫，天地凝寂。

【乱曰】太虚广漠，宇宙洪荒，朝暮之晴岚，永恒之向往。

寒蝉赋

【序曰】蝉，古人以为蜕于污浊中圣洁之物也。宾王叹其“无人信高洁”，义山怨其“一树碧无情”，柳永悲其鸣声“凄切”，盖感伤人生之不遇及离别之惨沮也。吾阅蝉之一生，知其酷夏狂鸣者，乃为求偶而躁急也，以半月为限，雌雄交配毕，便溘然双逝。所谓寒蝉者，迟暮所产之弱子也，因凛冽寒秋将至，伤命之将尽，忧伴侣之难觅，惧其绝嗣也，故悲鸣曰：“夫妻和气，夫妻和气，（否则）一夜死。死……”余哀之，作《寒蝉赋》。

酷热消退兮翠叶凋，蝉鸣噪急兮内心焦。人烦鬼怨兮甚鸱鸮，震椽裂瓦兮树颠摇。响遏行云兮知音少，伴侣难觅兮怨天遥。

秋声凛冽兮起天末，芳林摧折兮木叶落。父母双坠兮心流血，螳螂举斧兮蹑黄雀。兄奔弟散兮何处躲，终罹横祸兮遭杀戮。

万籁俱静兮挂残月，清波澹荡兮凝霜结。泪眼昏黑兮肝胆裂，翼薄如绸兮身瑟瑟。不甘绝望兮声嘶竭，为解寂寞兮销沉疴。

弱侣倩倩兮鬓如丝，瞳仁润润兮披玄衣。温柔轻盈兮美芳姿，同心同德兮贞不移。左拥右抱兮欢无际，餐风饮露兮孕后嗣。

不识四季兮诚短促，不似人间兮常反目。儿女成群兮犹出轨，事业辉煌兮更出格。寒蝉呜咽兮警龌龊，伉俪珍重兮惜万福。

【乱曰】蝉，春生夏死，不知秋冬；人，子孙千亿，悠悠百龄。然蝉之贞静，人实弗如，照影蝉鬓，能无愧乎？

树

我是一棵树。

我站在故乡的黑土地上，已经守望了千年。

一千年的风霜雨雪，一千年的沧海桑田。

我酿造了一片风景：独木不成林，万木方共春。我的子子孙孙，竞相繁茂，浓荫蔽日，成了一片森林。遒劲的苍枝，巉岈的柔条，成为鸟儿们温暖的香巢；从我们盘旋缠络的根系里渗出的泉水，融汇成一条清澈透亮的小溪，圆润的鹅卵石和洁净的白沙之间，碧绿纤长的水草，像美女的秀发随波起伏，鱼儿在草丛里穿行游漾；小溪的两岸是层层梯田，有时候一片碧绿，稻花飘香，蛙声如潮，有时候一片金黄，麦浪滚滚，鹁鸪啼鸣；我的浓荫下有一个古老的村庄，一律黑瓦白墙，民风古朴醇厚，袅袅的炊烟常常与青苍的山岚交织出一片宁静的和谐，幽微的灯火也常常相伴喔喔的鸡鸣带来又一个温馨的黎明，人们生于斯长于斯，歌于斯哭于斯，老于斯终于斯，一切纯任自然，我就是一个港湾，泊满人生的航船。

大风来了，疯狂摇撼我的身躯，我随风舞蹈，守护百鸟的家园，我用愤怒的涛声向苍天呐喊；猛雨来了，呼啸奔腾，倾盆而下，万千银箭射向我的躯干，我用潇潇的抽泣向大地倾泻无限的悲伤，让脚下的小溪放出滚滚波涛向山外传递消息；清霜来了，吸附在我的周身，啮噬我的肌肤，一股彻骨的严寒直逼我心里，我用燃烧的红叶来对抗霜花的欺凌，绿叶苍黄，青山变色，殷红的雪花，飘向深情的大地，将飞更作回风舞，已落犹成半面妆；大雪来了，飘摇纷飞，天地间一片肃杀，我用光秃秃的枝丫来抗争风雪的酷虐，苍黑的躯干上积满雪花，我变成了水墨粉彩画，我只能等待来年春风的再次光临。

我用一千年的等待与守候，让自己也变成了风景。

枇杷晚韵香

【序曰】时维20世纪90年代，余求学肥城，因生计所迫，故兼职于合肥市第八中学，以长十三龄之身，遇玉女于学庠。竟发生姜夔之故事，“小红低唱我吹箫”，澜翻心海，波涌潇湘，随即烟涛变灭，踪迹难寻。遂作小诗十三首以记之。

窗　口

窗户向原野敞开，同黎明一道醒来。

一个很大很大的世界化作千万条光线涌进窗口，一双水灵灵的大眼睛正注视着窗外。

嫩紫色的蓝天被抹上一层淡淡的胭脂，阳光静静地落在枯黄的原野上；河面上张起一层红腻；耸立在四周的枫树，飘出一片一片的黄叶，像染着霞光的闪烁的红雪。

沉默的秋天的早晨。

不知什么时候，朔风气势汹汹地扑来。是憎恨那最后的绿色？还是报复那温暖的太阳？窗外成了一个冰冷的世界。

关上窗户吧，让阳光进来，把风挡在窗外。

那双水灵灵的眼睛依然在注视，窗外的原野正在上演秋天的戏剧。

野　火

我在人间的森林里奔跑。

汗水无数次浸透衣衫，又无数次自己烤干。终于，我发现前面有一堆野火。

我头晕目眩地倒在火边，像找到了归宿。四周的黑暗和寒冷惊恐地注视着，暂时退却了。

“年轻人，该启程啦。”没过几分钟，火光中一位银须飘拂的老大爷提醒我。他两眼如电，面颊像苍白色的岩石。

“我不想走了，老爷爷，您的火真暖和。”

“孩子，我就像这野火，快要熄了。——你才是一堆活火呢！”

“活火！”我猛地一震，但立刻明白了。

力量又回到了躯体中，血液像火一样奔流。

啊，青春是不灭的活火！它从脚底点燃，一直烧透皮肤，从汗水中吐出火苗，照亮人间的森林里，曲折的小径。

一片白帆

你美丽得如一片白帆。

正乘着信风，迎着最早的海霞，踏着无边的蔚蓝，徐徐向我驶来。

你是希望，你是信心，你是从成功的彼岸寄来的信笺。

你纯洁如玉，透明如镜，你是一首最美的诗。

我张开双臂，向你奔去。然而，你却抛给我的眼睛一个盲点。

我惊愕了！

为什么！为什么美总不是完整？

一片残缺的白帆啊！

流　星

你真固执，这么美丽的星族你怎么舍得放弃？

你真顽强，众姊妹的齐心挽留，你竟不顾？

一甩手，走出了你的方位，你美丽地闪烁出一条弧线，化作记忆的一道航标。

从此哪里去找你？尽管你还没有走出这浩瀚的星际。

小流星啊，你不会消失的，因为你被一个人永远装进了心里。

恒 星

缀满白菱花的天空，如一床大被，轻轻地盖在地球的身上。

睡在大地的摇篮里，我读着满天的童话。我确信天上有一个美丽的世界。

有人说，天河好浅，牛郎正趟过了河水，提着灯笼和织女在天街上闲逛呢。

他们可见到飞马、天鹅了呢？可见到那七夕的鹊桥了呢？

每一颗恒星都有一个故事，那么，你是哪一颗呢？

我想，你必定是那永远不动的——北极星。

高高的翠树

一片兀立的高山之巅，又一棵翠树。

她是一棵万年青的植物，只有上帝才明白她为什么生在那里。她的叶子染上了天的蓝色，枝干像松，一生只开一次花，但永不凋谢枯萎，像太阳一样美丽。

有多少攀登者想摘这朵花啊！

但没有一个人能够爬上山巅。险峻、陡峭消灭了他们的意志，他们看重的是自己的性命。

如今，我把生命作一赌注，让我试试。

我不怕粉身碎骨，那花儿太耀眼了。

天风浪

蓝天真高远啊！

丝丝的卷云，积云，一层层，一沓沓，排在天上。像大海上无边的波浪，不动的凝固的波浪。

但是，风起了，波浪在涌动，没有澎湃声，只有无尽的变幻。

我说，那天风浪，正好象征我的心境，但缺少我心中的轰鸣声。

我的心为追求而发音。

时间树

我是一株树，你也是一株树。

我被种在时间的前面，你种在时间的后面。无情的鸿沟，注定我们终生只能相望不能相依。

阳光明媚的初夏，一阵好雨过后，多么清晰的视野，你那芳菲的倩影，灿烂的微笑，娇美的体态，青春的活力，姗姗可爱，历历可见。甜甜的风为我们的理解而殷勤传语："我喜欢你。""我也是。"

然而，总有许多雾，障着眼睛，我看不见你。所有的都埋藏起来了，混沌一片。我只知道，你也在雾里。

夜里，我能闻到你从地底下递过来的温暖的气息，你是否也收到我的惦记？梦中，我总是和你在一起，多么甜蜜的相依……

时间的沟太深，明明只有一涧之隔，却怎么也填不满，我们就这么终身相望吧。

但我们也可以满足，因为我们站在同一片开花的土地上，拥有同一个秋夏冬春……

芳草地

十二岁，是一片芳草地。

但我只能隔水相望，时间的湖碧蓝碧蓝，全都是往事化成的记忆。如今，我跑过了那么辽阔的原野，我翻过了那么陡峭的高山。汗水酸涩了我的记忆，坎坷磨碎了我的足迹，唯留那十二岁，第一次开花的芳草地。

我羡慕你，十二岁的芳草地。

但我没有船，通过这时间的湖水。

你永远只是天际闪烁的一点绿色的慰藉。

闻 钟

沉沉的夜。灿烂的星空。

钟声如一道道金光，通过梦的哨卡，进入我的心扉。我默数着：一点，两点，三点……

风柔柔的应和着夜色的平静，思念占领了所有的时空。没有其他人，没有任何物，心儿自由得像蓝天一样宽阔，唯任钟声在悠远地回荡。

只要有钟声，漫漫长夜，就变得如此静谧安详。每一声叮当里，都有你梦中寄来的祝福。

我习惯了等待，在这样的子夜，直到钟声溶化在黎明的曙色里。

苦雨甜行

雨，不停地沿着伞滴下，夹着寒风，四周是汪洋一片的泥泞。

苦雨……

我走在雨中。四野一片苍茫，除了孤零零的风雨声，就是靴子从泥浆中拔出来的声音。但我很有劲，因为，在远方有一个美丽的小村，我想象着那儿的温馨。

……甜行……

大山阻隔，寒林遮拦。漫漫的是泥浆路，渺渺的是那远村。

走了多远？不清楚。但有一点是不能怀疑的，那前方确实有一个没有灯光的小山村。

……梦。

畅园曲

我家里有一个小园，我称之为畅园。

院子里种着芳草花卉，四季飘香，几乎所有的鸟儿都光临过小园，那中间有一棵千年老桂，金秋十月，桂子奇香，飘满峡谷，据说嫦娥还曾经妒忌呢。

每当我遇到不顺心的事时，只要一走进畅园，就得到了解脱，她净化了我的苦闷，她的歌声能驱走苦恼。但除了有福分的人，不能听到她的声音。

恨 爱

我由恨和爱组成，他们各占一半。

有一天，恨对我说："主人，我恨爱。她娇媚做作，她疯狂地迷恋早开的花朵，她使你失去理智，她诱惑你付出忠诚，她骗你的心去给另一颗心，她为另一张笑脸而倾倒，她会毁掉你的事业……我恨爱。"

我笑着说："爱对你怎样呢？"

"她只是对我说'我也爱你'。"

"你对她的爱怎样看？"

"我恨她的爱，恨所有的爱。不管是真的还是假的。因为我是恨！"

"但我倾向于爱。"我说。

【跋曰】廿五光阴，风驰电掣，如白驹过隙，珠翻荷叶而已。而今，余两鬓斑白，额雕皱纹，已渐入老境，不胜华年易逝之叹。遂剪裁诗题，仿义山戏作《无题》一首，藏其名于诗中，聊抒怅惘。

【诗曰】高飞朱雀天风浪，一片白帆欲远航。野火流星芳草地，时间树隔水云长。闻钟子夜临窗口，苦雨甜行入梦乡。缘定此生应有份？畅园曲美满馨香。

借 宿

旅居在外，在那个旅馆还不丰富的年代，路人往往会到农家借宿。大概因为内心深处贮藏着善良，人们相互之间也都充满了诚信，所以借宿的事情既不可避免，也常常会享受温馨的接待。像杜甫一家逃难的时候，受到卫八处士的接待，何其温暖啊！但那是故友之间的相互关怀，如果是从来未谋面的陌生人，也会有这样的际遇吗？考察当今社会，家家防盗门防盗窗，仿佛四周都潜伏着江洋大盗或者杀人越货的凶残暴徒，即使同一小区，同一楼道，或者对门相望的邻居，恐怕向人家借宿，都是不大可能的事情吧？

然而，在1984年，我与父亲走村串乡地去湖北广济、阴山、罗田一带贩卖自家制造的裱纸的时候，则常常需要向农家借宿，因为不能露宿街头呀。下面就是终生难忘的一次。

虽然湖北广济水乡平原的村庄的傍晚，看起来比我大山里的故乡降临得迟，但暮鸦归巢的点点黑影与鸦背上闪烁的霞光，及一望无际的水田中间的树突里的村庄上空，袅袅升起的炊烟，都在催促我们，仿佛说："远行客，马上就到了夜晚，赶快找个地方歇息吧！"

我与父亲是走村串乡叫卖"竹麻裱纸"的人。为了生计，正跋涉在广济的乡下。已经整整叫卖了一天啦！我们多么向往此刻老家傍晚的清凉和闲适啊！那浩荡的松涛，青蓝色的烟岚，手擀面里新鲜土豆与松菇的香味，还有操场上孩子们"跳房子"的欢乐，这一切都只能在意念里闪现，在饥肠辘辘的时候慰藉一下自己罢了。得赶紧去借宿啊！我有点着急地催促父亲，希望他不要再向扛着农具归家的农民推销他的裱纸了。

父亲终于决定去人家借宿了。我们尝试敲了敲一颗巨大枫树旁边的一户农家那半掩的大门，谁知没有人应答，却冲出一匹黑狗来，向我们狂吠，那样子凶猛无比，它的毛像闪光的黑缎。我们一边用竹棍防御，一边赶紧退却。

询问了四五家，几乎都在吃晚饭，通亮的电灯下，都是农忙季节和乐温馨的氛围，一家人平静地享受晚餐的美妙滋味，而我们则只能品味一下饭菜的浓香。是鼻子饱了肚子饥呀！

在池塘西南角偏僻的一边，我们终于找到一户人家，虽然也是一大家人，却很热情地把我们让进了家里。问明情况之后，大妈与她的女儿商量了一下，就让我们住在她女儿的房间里。床上有淡蓝色的蚊帐，此刻正是蚊子哄哄有声的时候。我们感激不尽。大妈说："走南闯北，总有求人的时候。你们不要计较，我们家简陋，将就将就吧。——你们肯定饿了吧？灶台上还有剩饭剩菜，你们吃一些吧。"

除了感激，我们还能说什么呢？

一顿狼吞虎咽，填饱了肚子，浑身觉得汗涔涔的难受。于是，我与父亲去水塘里游泳洗澡，池塘大约两米多深，似乎没有养鱼，只有一些盛开的荷花，袅娜地散发出清悠悠的香气，父亲那狗刨式的游泳此刻在池塘里激起不小的浪花，竟然引来几个儿童的观赏。月亮没有出来，星星已经渐渐缀满夜空了，晚风清凉，身上的水滴不一会儿就全干了，无比爽滑惬意，颇有归家之感。走回房间，躺在床上还来不及想念家乡，立即就进入了一枕酣甜的梦境。那真是一个温馨甜美的夜晚。

次日天亮，我们赶紧起床，发现大妈家里非常静寂，原来这家人天没亮就下田忙活去了，正是大忙的双抢季节，只有大妈和她女儿在做早饭。我在小桌上竟然发现了一本《三国演义》，扉页上写着"姚芳"两个字，大约是她的名字吧。这可是难得的古典文化气息啊！原来小姑娘也是初中毕业生，因为没有考上中专，所以打算在家跟父亲和哥哥们一起种田，毕竟农田承包到户，种田收入也不少，一家人过着非常满足的生活。姑娘有点羞怯地与我打招呼，问我们昨夜睡得如何，我非常感激，说睡得很香。当她得知我是一名中师生，已经当了小学老师时，我看得出她的眼里露出无限的敬佩和渴望。

我们不能再在大妈家吃早饭了，必须去贩卖裱纸，就辞别大妈和姚芳，送给她们四刀（每30张折成一叠称“一刀”纸）裱纸聊表心意，大妈满脸笑容地接受了，姚芳则默默注视着我们的渐渐远去的背影。

我们又开始了新一天的叫卖。

那是1984年在一个至今也不知道名字的乡村的奇遇。

我此后再也没有去过那里。不知乡下还有这样的大妈和少女吗？我只知道，现在到处都有防盗门防盗窗，甚至监控的电子眼和天网，对敲门的陌生人都心怀恐惧，当然不敢随便让陌生人借宿啰！

世风巨变，我们还能不能回归那年代的纯真呢？大妈，您还健在吗？您的女儿姚芳过上了幸福生活吧？我怀念在您家度过的那个夜晚啊！

蝇营狗苟

夜读《韩昌黎集·送穷文》，有这样两句："蝇营狗苟，驱去复还。"于是生感焉。

查成语词典，蝇营：像苍蝇来来往往地追逐脏东西；苟：苟且。像苍蝇那样钻营，像狗那样无耻。比喻追求名利，不顾廉耻，无所不为。

这显然是一条贬义成语，在韩愈的散文里，主要指斥那些追名逐利之徒，不顾礼义廉耻的丑恶行径，来与自己高尚的行为进行对照，表现人生的旨趣。他所要树立的是儒家安于"君子固穷"却依然胸怀天下的精神和理念。韩愈是可爱的，自己被五鬼缠身，却还要建立什么儒家道统说，要传承中断数百年的儒家思想，当然难为世人所容。生活在"卑鄙是卑鄙者的通行证"的年代，人们钻营成风，拍马成侯，如果你还要坚持操守，那就必然赢得"高尚是高尚者的墓志铭"的结局。人们始终困惑于"精神之觞"与"肉欲之享"的矛盾之中，一方面，我们谁都追求锦衣玉食、声色犬马、歌舞游乐的身官享受；另一方面，我们又要树立大济苍生、致君尧舜、忧国爱民的宏伟志愿，甚至还要舍生取义、杀身成仁。实际上，我们在追求的理想落空之后，在严酷的客观现实面前，往往会出现精神危机，道德沦丧实在是与追求高尚一起源远流长、与时俱进。人们热爱"郑卫之音"至少已经有五千年的历史了，然而人性的奢华糜烂，导致"天上人间""白金汉宫"及"莞式服务"等消费娱乐的奇葩诞生，恐怕是历代帝王们所料未及吧。《金瓶梅》为什么不如《红楼梦》？我想，主要是前者以欣赏的眼光详尽地展现男女之间的性交秘密，而后者则关注性爱之上还要有更尊严的人类爱情。恩格斯曾说"没有爱情的婚姻是不道德的"，真是至理名言。

再说，成语中的苍蝇也是上帝制造的奇葩，尽管追腥逐臭，不避险阻，坚忍顽强，令人深恶痛疾，但是，它们历经千百年的诅咒、杀灭，依然族群繁茂，轰轰烈烈，辉煌鼎盛，不也有很多值得我们思考的东西吗？再说那狗，或乖巧或凶恶，以忠诚依附于人类的豢养，尽管难改“吃屎”的本性，但是未必都是鲜廉寡耻吧？韩愈用此语无非是要否定某种人生模式，事实上，人们无权选择出生，却可以选择成长。你可以学习羡慕鹰击长空、虎威森林、鲸霸沧海，但它所击杀的禽鸟野兔、狐鹿牛羊、鱼虾蚌蛤们天生就是善良柔弱、贪生怕死的“蚁族”，也应该赢得同情的目光。

没有蝇营狗苟的丑恶现象，或许就是伟大的中国梦实现之时。我们翘首以待！

扫垃圾

垃圾，脏污浊臭的无用之物，细碎琐屑，凌乱散布，有碍观瞻，阻挡步履，是平常家居的头号敌人，只有扫除垃圾，才能得到清净整洁的环境，过上称心如意的惬意生活。

清除垃圾，成为人们的重要任务之一。

然而，对垃圾的不同处理，竟然带给人们迥异的生存环境。

记得小时候，我最讨厌的就是每天必须完成母亲布置的打扫房间的任务。尽管我们家只有一间卧室、一间饭厅和一个小厨房，但清扫起来却非常不易。卧室除了两张大床和一排靠壁耸立的木柜，就是门角落里的便桶，除此之外几乎空地就不多了，因此扫起来尚不大难，三下五除二就能搞定。然后是饭厅，本来也很小，但是母亲要求必须清扫桌子和板凳底下的垃圾，而那些该死的垃圾偏偏喜欢藏在角落里，搬动凳子、擦抹桌子并将它们整理好，对我来说就很困难啦！更糟糕的是那厨房，除了摆满盆瓢碗筷的灶台和放置柴草的搁栏，就是一个巨大的猪食槽，那几头懒猪要么赖在空地上睡觉，要么很不负责地把猪食喷洒到石槽外边的泥土上，形成厨房里常年不干的湿地，偏偏垃圾和柴草喜欢黏在石槽周围，是我清扫时厌恶的所在，只有将懒猪们撵出门外，清理完石槽周边的恐怖垃圾，早上的任务才告一段落。

谁知母亲挑水回家，看到我打扫的干净房屋之后，并没有立即表扬我，而是顺口又提出一个新要求："你再将房屋两边的走廊和弄堂扫干净吧。"我只好擦擦汗，继续清扫。等垃圾们都聚拢到一起时，我终于松了一口气，只要用扫帚将这些可恶的垃圾扫进阴沟就完成任务啦。还没有等我下手，母亲就大声警告我说："不能扫进阴沟，要用粪莵拢起来，拿到河边的石壁下堆积起来!"

村子很袖珍，环绕一间祖堂，十几户同姓人家聚族而居，屋后一座陡然耸立的高山，山上满是青葱毛竹和苍翠松树，山脚下是那口著名的老井，井边一颗巨大的朴树，树冠高大数十米，遮蔽着祖堂的黑瓦屋顶；门前濒临一条翻卷着浪花的六尺来宽的小溪，溪边是公共的两块操场，上边一块用来打场和晒谷物，临河有一排木架，上面摆放着各家的篾蕴、簸箕等器具；下边是孩子们玩耍和家畜们散步解手的地方，河沿有一面凸起的青色巨石，形成一个天然的凹槽，旁边有不知何年何月砌起来的五尺高的石头墙，墙上粘满了不规则的圆形牛屎粑，这里便是全村各家堆放垃圾的地方。

等垃圾成为一座小山的时候，就是我们最喜欢看的焚烧火粪的时候。

大人们一起努力，将那些顽固的垃圾掏出来，连同阴沟、天井里清理出来的污泥烂草等晒干，就整理成一块菜畦似的浮土来，再铺上一层巴茅柴草或刺禾，其上摆上一层干牛屎，再压一层生土。点燃柴草，一股带有柴草气味的浓烟冲天而起，比平常袅娜的炊烟浓厚迅疾得多，且规模宏大，直冲云霄，带着哔哔啵啵的燃烧声，小孩子们远远地观看，不一会儿，明火熄灭，但牛屎伴着垃圾还在慢慢燃烧，等柴草与垃圾完全烧尽，只见那和着牛屎垃圾的泥土，变成了深红青紫黑色，被大人们堆成一座圆锥的形状，这就是"火粪"，一种充满丰富钾元素的绿色肥料，是庄稼们的最爱，使用这种火粪种的土豆、山芋、南瓜等都个头硕大，味道纯正，是我们小时候的主要食物和蔬菜。

由于人们有很强的卫生意识，小村子厅堂弄尾、青石小路、沿河操场都干干净净，我们生活在一种宁静整洁的环境中。尤其那条小河清澈透亮，翻卷着轻盈的浪花，毓养着丰富的螃蟹和小鱼小虾，两边的石坝坚固结实，石缝里伸出石斛、蕨基、巴茅等柴草，其间花蜘蛛织着小网，捕捉一些鲁莽的蝴蝶、粉虫之类的小动物。河边有一排磨得光溜溜的洗衣砧石，是女人们用皂角和棒槌清洗脏衣的地方，晶莹的水花应和着女人的欢声笑语，给美丽的山村增添无限的情趣。女人们洗衣服的时候，也是孩子们到河里翻石头逮小鱼抓螃蟹的时候，有时则堵水筑坝，或者在深水宕里学习游泳，冰凉的泉水被笨拙的狗刨式动作弄出荡漾的波浪，如果打起水仗来，就会喧腾嬉闹成一片，常常引来大人们的喝彩。

然而，这童年的欢乐一去不复返了，那原因竟是大家改变了原来的卫生习惯。尽管古老的村落发生了翻天覆地的变化，苍老的朴树被砍倒了，砖瓦房变成了钢筋水泥的楼房，但当年母亲们的警告已经没有人执行了，因为化肥易得并滥用，人们已经不需要火粪了，各家扫出的垃圾都横七竖八地倾倒在小河里，日积月累，小小河道被堵塞了，加之上游植被严重破坏，泉水逐渐干涸，小河只是一个在梅雨季节偶尔还能行走山洪的小沟，人们不需要的针头线脑、残枝断叶、破布烂鞋、粘染粪便的卫生纸、甚至挂过水的塑料针管、砖头瓦片、锋利玻璃碎屑等，凡是人们认为“没有用处”的东西，都统统倒进河里，最终导致了“公地悲剧”，我们童年梦幻的小溪变成了一条垃圾成堆的臭水沟，苍蝇肆虐，蚊子猖獗，更要命的是，几公里外就是著名的钓鱼湖，那可是下游几十万人的水源地啊！

为了便捷，个人只顾自家门前雪，却不管他人瓦上霜。人们心里已经堆满了沉重的垃圾！

尽管，我们已经难以回到从前，但是，我们完全可以约束我们的手，不要再乱扔垃圾啦！只要保护环境，我们仍能还家乡绿水青山！

一场误会

我想对你说："这纯粹是一场误会啊!"可惜，你已经听不到了。

这是一个初夏的清晨发生的故事。

天空碧蓝，初日明媚；清风微拂，舒心惬意。清澈透亮的阳光，在法国冬青篱笆墙的叶片上闪烁，金色的霞光铺满院里的草坪，草叶尖上挂着晶莹剔透的露珠，一群叽叽喳喳的小鸟正一跳一跳地在草丛中寻找虫子或啄食从高大的无患子树上落下来的果粒。菜园里，南瓜、丝瓜、黄瓜的藤蔓正在餐风饮露中奋力伸展枝条，唯独后园的瓠子蔓和西瓜藤纠缠错杂在一起，那恣睢的姿态，仿佛争夺场地的两个愣头青斗架一般难解难分，于是帮它们搭架子就成为非常迫切的需要了。

我是搭架子的兴趣爱好者，邻居家正好砍倒了一批丛生的竹子，有大量的小竹竿可以利用。我发现一些干透的竹子上有笛孔似的圆洞，仿佛经过了电钻的加工，很漂亮，于是我挑选了很多这样的小竹竿。直竖横插，交叉捆绑，不一会儿就将架子搭起来了，妻子兴奋地像关照婴儿一般，小心翼翼地将瓠子与西瓜的藤蔓分开，然后沿着不同的竹竿，让它们各自攀爬到架子上。此时，还缺一根短竹竿，就大功告成。也就是这根竹竿，发生了一个严重的问题。

妻子去拿竹竿的时候，突然遭遇到一种闪电般的袭击，右手食指仿佛遭到某种不明毒虫的蜇刺，钻心地疼，一看那竹竿，除了一个漂亮的黑黝黝小孔之外，什么都没有。我以为妻子大惊小怪，但她一个劲喊疼，并死死地掐住食指，说肯定是被蜂子蜇了。但没有蜂子呀！也许就是那个黑洞里藏着毒蜂?

先不管那些，赶紧用水龙头冲洗伤口吧，妻子一面确信是遭遇毒蜂的袭击，一面又回忆起曾经见过有人遭遇葫芦蜂袭击致死的事情，一阵渲染，我的心顿时紧张起来。好在她懂得一些急救常识，将毒刺挤出之后，用肥皂水冲洗数次，尽量将毒液排出来。但是，毒性还是发作了，那根手指很快就肿起来了，硬起来了，不能弯曲了，疼痛越来越厉害。我六神无主，家里也没有外敷的药物，也不知道如何处理。妻子于是向邻居医生打微信电话，但无人接听；又向医院的朋友求助，也没有回复。

怎么办呢？会不会像那个被葫芦蜂袭击者一样不幸呢？这个美妙的清晨，顿时变成了黑色的恐怖！

上医院，是当时唯一的选择。疫情还没有结束，我们这是回国后第一次上医院。排队挂号，医生诊断，查看受伤的手指，说并无大碍，打一针防破伤风的针就可以了，然后开了一盒九九皮炎平的药膏。

有惊无险地回到家里。我们又到院子里查看那根竹竿，我仔细察看，又在地上使劲敲击，也没有什么东西出来。后来，我用铁锤将竹竿锤碎了，终于查明了真相：原来，你——一只乌黑的马蜂——正在孕育幼崽，那浑黄的膏状物也许就是即将孵化的小蜂，但是，由于你袭击了我的妻子，我复仇的怒火，竟然毁灭了你全家！

我看着你的尸首和那团黄色的膏状物，不禁感慨起来：你要是不袭击人多好？你要是能说明原因多好？我们去医院的期间，你为什么不逃走呢？你找到一根干透的竹竿，钻一个洞有多么难啊！这样一个简陋的家，就这样毁了。你原本是保护幼崽，护卫自己的家啊！

为什么我们不能和谐共存呢？

我想说：对不起啊！这纯粹是一场误会啊！

但是转念一想：任何人伤害我的妻子，我都会跟他拼命的，因为没有妻子，哪里是我泊船的宁静港湾和栖息的温馨家园呢？

到底谁对谁错？

惊魂一夜

1976年7月7日夜。

本是牛女相会的浪漫夜晚，但对我来说却似乎是世界末日来临一般的惊恐万状。天空漆黑凝重，群峰肃立，除了不时划破长空的形状怪异且亮得刺眼发蓝的闪电，你看不到任何色彩；除了震荡山谷的放鞭炮一样的霹雳，你听不见任何声音；狂风像搅拌机将雷声闪电与如注的暴雨掺和在一起，倾盆而下，你能感觉到外面的世界已经失去了理智，完全癫狂了，我们——母亲（肚子里正怀着小妹）紧紧抱着她的三个儿子和一个女儿——就像天地之间五个小草一般的柔弱生命，此刻就像漂浮在波涛汹涌的大海上，心惊欲裂地任随天帝魔神的戏弄。

其实，我们不在家里，而是挤在野外草棚里一张铺着稻草的竹床上。

更要命的是，就在我们需要支柱，哪怕只是一点微弱的依恃的严峻时刻，父亲却不在家！

他是民兵排长，具有半个军人的特性，此刻正轮到他在山顶值班，他必须每时每刻盯着草棚里一张竹床上一架仪器中的一颗玻璃弹珠，如果那颗晶莹剔透的中心镶嵌了海豚叶的美丽弹珠滚落到下边的一个瓷盘里，发出清脆的响声，就预示大地震爆发了，于是父亲必须立刻敲响身旁挂着的巨大铜锣，并用广播筒宣告："地震开始啦！"

我们在等待父亲的声音。这种等待其实也是一种心里的恐惧。我记得此前就有无数的传闻，说某地的青蛙成群结队在马路上游行，某处整个湖里的鱼一夜之间全死了漂浮在水面上，某处的牲畜夜晚不睡觉，烦躁地鸣叫，某处公鸡不打鸣而母鸡尖叫……这些似乎确凿无疑但又没有亲见的传闻，早已给这个小山村制造了一种笼罩性的恐怖氛围，人人自危，仿佛被罩入了一张巨大无边又无力挣脱的大网之中。但今夜的风雨雷电似乎证明，这一切终于熬到了头，我们似乎在经历临死前最心碎的欲哭无泪的时刻。

母亲的手坚强有力，透过草棚中间松木梁柱上挂着的马灯那摇曳的微弱的小光，我看见母亲紧紧咬紧牙关，神色坚毅而忧虑重重，但她抱着我们，让我在危难时刻获得一丝慰藉，我们甚至能感受到她的心跳。

她的担心是有原因的。首先，我们家最年长的婆婆——爷爷的母亲——已经九十高龄了，她拒绝到地震棚里住，坚持在她的床上睡觉，说震死了也无所谓。每当那贼亮的蓝色闪电划过夜空，我透过草棚缝隙看到婆婆居住的房檐的时候，我的心就一紧，也许下一刻那高高翘起的屋檐就会轰然倒塌，我的婆婆就会埋进瓦砾堆中。然而，那屋檐居然高耸兀立不动，婆婆依然没有发出任何声音，也许她正酣然入睡了，她已经耳朵全聋，天地风雷的癫狂折腾对她没有任何影响，好一副其奈我何的泰然自若啊！

其次，我们家的草棚位置最危险，离张大妈——母亲娘家的堂姐——家的罗檐壁仅一丈之遥，在贼亮的蓝色闪电撕裂混沌黑暗的瞬间，那面高高的罗檐壁对我们来说形成巨大的现实威胁，何况那瓦沟里的雨水已经织成密密的瀑布雨帘了，地上的排水沟和老井的阴沟早已不堪重负，操场外面的小河沟也盛满汹涌奔腾的洪水，我们的草棚里已经是半尺深的浑浊大水了！奶奶家的蛾眉豆架就在我家草棚前，而奶奶比较机智，她选择了较远的一块地方搭棚，此刻与爷爷一起，正埋怨婆婆不肯出来，爷爷几次想回家，但都被奶奶的双手和瓢泼的大雨阻止住了。我虽然极爱我的婆婆，甚至想到她的小屋里跟她生死相依在一起，但却不敢离开我们这个并不安全的草棚。张大妈家夹在我家与奶奶家之间，是最安全的地方，本来我家草棚处是她家的地盘，由于父亲忙于其他事情，搭草棚较迟，所以只能在最危险的地方权且安身，而他在全家最危险的时刻，却偏偏被安排去山顶值班，怎不让母亲忧虑呢？张大妈家马灯很亮，草棚里竟然传出了笑声，而我们的草棚夹在两面罗檐壁之间，随时都有被掩埋的危险！

其三，母亲此时正有身孕，这是她的第五个孩子，行动极不方便，还要关照我们兄妹四人，我此时刚十三岁，最小的弟弟只有三岁！

“天地不仁，以万物为刍狗。”我们当时对老天的埋怨是最真切的，但人生天地间，不过滴水之于大海，稊米之于太仓，那一刻我深深感到生命的渺小，感到在自然灾害来临前的无奈。然而，老天似乎又是善良的，在那样的夜晚，恣意地折腾之后，竟然什么也没有发生！父亲的铜锣始终没有敲响，婆婆家和大妈家的罗檐壁也依然如故。

也许，老天累了，疲倦了，雨声低微下去，河水的哗哗声也趋于温柔，草棚里的水慢慢退去。父亲天亮后返回到草棚，捡了一块地方酣然入睡。大操场上所有的草棚里都是鼾声四起，我们抱着母亲，相与枕藉乎草中，竟“不知东方之既白”。

婆婆一觉醒来，轻轻打开那扇古老的木门，她用浑浊的眼睛向暴雨后清晰的天空和大地看了一眼，她仿佛知道昨晚不过是老天爷所开的一个玩笑而已。

我相信她已经超凡入圣了。

方山赋

【序曰】方山，方圆皆山之谓也。地图不标之微点，经籍缺载之地名，如弹丸藏于宇宙，似稊米存于太仓，本不足道也，然终生叨念魂牵梦绕者，何哉？因是处别有洞天，乃吾桑梓之地也。生我养我之父母，立我助我之乡亲，覆我载我之屋宇，游我乐我之山林，无日无夜不萦绕于天涯漂泊者之心中，故吾欲为之赋，以示诸同好焉。

历史篇

粤自太古，天神造诸。悬崖其前，峻岭后阻。四周环抱，盆底锅如。窄径穿谷，别无通途。二溪玉带，溅沫飞珠。百草茂盛，森林蓊郁。飞禽翔宇，兽藏幽谷。花妍四季，芳菲载途。煌煌吾祖，择地卜居。左观右察，青龙白虎。翦彼榛莽，殪其封豨。遇水搭桥，逢山开路。吴张朱廖，来携其族。依山傍水，建构房屋。聚居成落，分疆划土。缘水围田，依山造圃。房前栽花，屋后种树。稼穑辛劳，稻麦禾黍。上下方山，互通有无。存讯问吊，讲信修睦。东邻嫁女，西里择婿。舅氏张姓，姨家廖屋。吴府美女，夫婿姓朱。螽斯振振，子孙繁庶。千家乐业，百世安居。

风景篇

登峰顶而观方山兮，将惊骇其耳目：黑瓦覆粼粼之椽梁，白墙耸溶溶之丹柱。绮窗罗高悬之星斗，绣户纳焕彩之金乌。朝霞万朵，涵融紫氛；皎月千峰，潇洒玉兔。清风浩荡，舞低修篁；白云变幻，驰逐骊驹。竹林阴翳，郁积岚气；树木芳菲，轻笼香雾。路途崎岖，通达江海；田园丰美，积聚财富。民风淳朴，流连忘返；婚丧嫁娶，相互帮扶。炊烟袅袅，恬静悠闲；野歌声声，洞彻肺腑。黄发垂髫，并怡然而自乐；桃源仙境，真无须乎羡慕!

履石缘溪而行焉，犹入神仙之洞府。何景色之幽美兮，心徜徉谁忍离去？群峰耸翠，唯缺乎东隅；水切膏腴，蜿蜒而东去。山环而水绕，最奇妙之佳处：

东迎乌珠峰之五指凌空，日出以远眺洲渚；西倚罗汉尖之离天三尺，影落于澄静钓湖。南邻羊毛尖之绿竹如云，清韵随风而柔拂；北望罗汉宕之苍松如海，松涛盖地以长驱。西北滑岭岗之森然恐怖，荆棘乱而缠苍石；东南林家冲之妩媚温柔，草叶秀而映邱墟。洞心坞之清泉涓涓，一路潺湲以滋润田圃；牡丹河之金波闪闪，无边慈爱以毓养虾鱼。更有：响水岩之瀑布轰鸣，如玉龙翻飞、银河坠地；凉亭口之凉飔汗漫，似铁扇狂摇、天风劲拂。

四时篇

常常梦回至故乡，思念方山之四季，亦堪比锦绣之画图：春回大地，万物复苏，细雨霏霏，渥润膏腴；暖日融融，东风骀荡，草木纵横，绿绸敷舒。笋箨裂土，志在霄汉，紫燕衔泥，构筑新庐；良苗肥硕，栉雨沐风，山花烂漫，塞坞填谷。犬吠篱窦，母牛哺乳，雄鸡长鸣，牝鸡孵雏；黄鹂婉转，回荡溪涧，布谷催耕，响彻霄宇；鞭挥锄举，黄牛负犁，男女老少，耕作南亩。

夏日炎炎，阳光如泼，蝉鸣噪急，蚊蝇沉默；秧苗碧绿，麦黄已割，蜻蜓巡行，苍鹰振翮；刺果彤彤，篓笃串串，桑葚紫紫，松菇赫赫。电闪雷鸣，风雨恣睢，摧枯拉朽，山洪肆虐。奔云散尽，苍穹如洗，妖风熄灭，雨脚断绝。尘埃荡涤，河晏天清，溽暑消尽，芭扇停歇。擀面甜润，葱香四溢，竹床凉滑，卧看明月。

秋风萧瑟，水波轻漾，天朗气清，云翳遁藏；玉露晶莹，霜枫红紫，瑶草凋谢，粟桂飘香；梯田层层，灿若云锦，硕果累累，丽如珠行：豇豆修长，饭豆短胖，山芋壮实，稻谷芬芳；板栗褐褐，蓝莓筐筐，脆梨雪脂，柑橘橙黄。空屋无人，家畜圈养，秋收秋播，农家繁忙；挥汗成雨，担挑肩扛，欢歌笑语，山谷回荡。

严冬凛冽，北风猎猎，雪花缤纷，千山一白；枯草烂死，枝干突兀，山瘦石硬，檐挂冰柱；松柏刚劲，神态静默，绿竹坚韧，鞠躬肃穆。塞向墐户，修理农具，腌瓜渍菜，储藏食物；浆洗缝补，围盆烤火，吹拉弹唱，练习歌舞。宰杀鸡鸭，磨浆豆腐，炖煮猪羊，捕捞鲜鱼。春联贴门，年货殷实，鞭炮齐鸣，祭祀宗祖。

人事篇

方山之人，勤劳善良；方山之人，聪慧顽强。耄耋矍铄，蔼蔼其光；童稚熙乐，茁壮成长；青年进取，蒸蒸日上；女儿贞顺，兰蕙芬芳；男子雄健，磅礴阳刚。邻里和睦，祖德顺昌；迎来送往，古道热肠。忠诚孝悌，勇敢担当。

方山之人，自强不息；方山之人，身怀数艺。男会造纸，女善刺绣；男精竹木，女工裁衣。家家雕床，户户竹椅；扁担自斫，簸箕自制；砖瓦自烧，梁栋自备；楼房耸立，装饰自己。马路如带，蜿蜒飘逸。拱桥如虹，恢宏壮丽。

方山之人，敦信古俗；方山之人，重视教育。穷不丢书，富不丢猪；不义之财，视之蔑如。老板亨通，财运殷阜；硕博文昌，书香四布。行稳致远，人才辈出。报效桑梓，隆我故土；美我故乡，祈之永福；愿我乡亲，同享厚禄。

【乱曰】奇哉，我方山真乃桃源之仙境；伟哉，我方山皆是勤劳聪慧之子孙！日新月异，是吾故乡未来之图景；砥砺奋进，乃余亲爱淳朴之乡亲！

方　山　赋

游子闯荡四海，虽身在天涯，然心若比邻；无论穷通贫富，终将叶落归根！唱出心底之歌乎，皆为方山之人！

凉亭口记

凉亭口是方山的天然门户，在库南公路修通之前，所有的方山人都必须从此门进出。其实，这里并没有什么亭子，只有一个巨大峡谷的豁口，有一夫当关万夫莫开的险要。

从地理上来看，方山颇像一个有两层落差的倾斜的锅盘，由最高峰和尚尖向东南和西北伸出两条环带状的小山，颇似一个巨人作出搂抱的姿势，先在中播岭作一次回环，形成大约一平方千米的上方山盆地，然后，继续向下延伸，在峡口处会合，形成地势稍低的大约半平方千米的下方山盆地。一条蜿蜒曲折的玉带似的小河切开盆地，奔向峡谷的豁口。

凉亭口，就扼守在这两面矗立山峰的豁口处。左面的峭壁如刀斧削成，苍黑嶙峋的岩石，望之令人惊悚，有的仿佛凌空欲飞的老鹰，有的则好像摇摇欲坠的怪兽，仿佛蹲着耸着躺着跪着奔着的山魈、魑魅、灵猴、犀牛、鬣狗等奇形怪状的动物或鬼物。山石之间倔强地生长着楂茅、橡栗、刺槐、巴茅等灌木或柴草，岩石之间稍微平缓的地方，竟然也开辟出层层梯地，向上仰望那些在地里干活的农民，颇有点“锄禾蓝天际，揩汗白云边”的味道。峡谷的右面地势稍微斜缓一些，除了几处矗立的陡峭岩壁，其他地方都被原始竹林覆盖着，从和尚尖一溜看下来，犹如披着一层苍翠的云裘。那条由和尚尖的洞心坞发源的金牡丹河，在这里遭遇悬崖的考验，奔腾的河水纵身一跃，跌下百米深的涧壑，形成著名的响水岩瀑布，犹如一匹潇洒飘逸的银色绸缎，飞珠溅沫，发出震荡轰鸣的巨响，数里之外山合的村民们，都能日夜听到瀑布奔流撞击的声音，如果你站在瀑布边，双脚会感受到强烈的晃动，因而心生恐怖。幸好瀑布与豁口之间还有一条大约百米的横岭，顶上植被丰富，不知哪位方山的先民，在这里种下三棵香樟树，也不知经历了多少年的风霜雨雪，那樟树的树冠都有数丈宽，远望就像三个精美的圆球，走近一看，那树干大约有三尺多粗，雄壮挺拔，树枝遒劲伸展，直逼苍穹，浓密圆润的叶子潇洒纷披，树荫匝地，令人欲栖息在这芳菲树下，品味那清幽淡雅的芬芳。总之，这三棵树就像方山的精致名片，既成为人们欣赏的对象，也得到全方山人的细心呵护。樟树的下边也是一片竹林，那密密麻麻的青琅玕上，翠绿的枝叶迎风摇曳，成为樟树的绝佳屏障和亲密伙伴。如果你再眺望正东方，你将看到一座像人张开五指的笔架山，人称“乌珠尖”，犹如一面巍峨苍翠的屏风，在乌珠尖东边蒋山的半山腰也有一条瀑布，与响水岩瀑布遥遥相望，相互争妍斗奇，珠联璧合地成为陈汉沟的双瀑奇观。

啊！这凉亭口就是一个风景绝美的地方！

沿着凉亭口向左拐一个小弯，在峭壁的山腰开辟出一条五尺来宽的小道，外边没有任何防护的栏杆，上下都是悬崖，对面就是震耳欲聋的响水岩瀑布，人行路上有种震撼眩晕的感觉，初次从此处经过，你一定会非常谨慎地贴着里壁慢走，因为如果你一不留神滚下去，就会一直滚到深涧的乱石丛中，那就非常危险了。过了这个弯道，展现在你眼前的将是一个豁然开朗的仙境——著名的陈汉沟——现在是宿松的瓦尔登湖——钓鱼台水库。这个高峡平湖，四面青山环绕，千顷碧波荡漾，轻舟竞渡穿梭，天蓝似宝盖，白云如笑靥，湖光山色，上下交融，犹如一颗明珠翡翠镶嵌在群峰峡谷之间，绝对可与新疆的喀纳斯湖比美，也绝不逊色于杭州的西湖。这个库容约一亿立方米的人工湖，拥有长达十公里的水路，正对着凉亭口的部分是它最宽阔的一个圆形的水面，水中漂浮着几个绿色的小岛，颇像美丽少女的玉簪螺髻。著名的寺庙玉枢观就在最西边那个小岛顶上，雪白的墙壁上覆盖着朱红的屋顶，这里传出悠扬的诵经佛曲，日夜香烟缭绕，法鼓咚咚，钟磬清脆，显得庄严而妩媚。

从凉亭口到达水库的码头是几乎垂直的石级加斜坡，在那没有库南公路的漫长岁月里，方山人祖祖辈辈都必须练就一副钢铁之躯，到陈汉沟或水库大坝，或者出大山进县城购买必需的生活资料，都要从水库边肩挑背扛地将沉重的粮食、油盐酱醋、菜缸坛罐、家电用具等物品沿着陡峭的山路运到凉亭口，歇息一下，等恢复了体力，再运回各自的家里。而为了换取这些生活物资，方山人又必须将竹木加工的凉床竹椅、扁担桶夹、箕畚篾篓、木器家具、精制裱纸等凝聚了勤劳智慧的汗水结晶和大山馈赠的山菇野茶、笋干笋衣等天然的绿色食品，还是用肩挑背扛的方式，沿着歪歪斜斜的石级小径，穿过凉亭口运下山去，在水库边搭船卖到山外。所以，要做方山人，首先必须具有铜肩铁足，才能生存。人们在上岭下岭中锻炼出磅礴阳刚的雄健体魄，铸造了不畏艰难困苦的精神品格。

进出方山，凉亭口都是一个重要的关口，每天川流不息的人群，都喜欢在这里歇息一下，因为到了这里就看到了希望，出山者在这里稍作休息，就可以一鼓作气很快到达水库边；而入山者到了这里，就几乎能望见农家袅袅的炊烟，所以稍作休息，就很快回到温馨的家中。而凉亭口，正如它的名字那样，这里是非常凉爽的风口，特别夏秋两季，炎天烈日，人们最渴望在凉风中歇脚。由于上下方山的盆地与陈汉沟盆地形成巨大的落差，加上水库巨大的水体与山谷之间存在温度差，所以形成强劲的风带终日吹进山里，在凉亭口，你会感觉仿佛有千万架电扇同时开启，给你送来无边无际的清凉。

此地，既是休息场所，也是信息交换的地方，上下方山的居民，大都相互认识，很多彼此还是亲戚，在这里休息，或亲切问候，或唠唠家常，或谈谈见闻，或者相互传递口信，所以，凉亭口成天都热热闹闹，它见证了方山人敦厚纯朴、顽强奋斗的精彩人生。那时候，人们没有减肥这个词汇，因为，大家都在辛勤操劳中不停地奔走，人人都有结实的肌肉，坚强的臂膀，很少有那种孱弱或肥胖的人，连女人都是健步如飞的女汉子。虽然生活在脚底上的日子，显得有点从容缓慢甚至拖沓冗长，但与今天生活在车轮上的快节奏相比，那时的人们显得更加刚强健美，不像现在的慵懒虚浮。随着生活水平的提高，村村都通了公路，甚至网络也家家联通，人们都显得过分的悠闲，各种恶习沉渣泛起，且有愈演愈烈之势，加上有钱的山里人大都纷纷进城，方山也像很多的乡村那样，成为留守老人照料留守儿童的空心村，往日云蒸霞蔚的图景不见了，凉亭口也因为新修了公路，而失去它的功用，变成了无人问津的历史陈迹。虽然香樟还是那样芳菲可人，峭壁悬崖还是往昔那般面目峥嵘，飞流瀑布还在倾泻轰鸣，但荒蓁野蔓肆意横生，石级古道都掩盖在杂草丛中，呈现出一派荒凉寥落的景象，令人感慨无穷。

我歌颂今天的繁荣，也珍惜往日的美好。作《凉亭口记》。

竹林夜宴记

魏晋名士喜爱竹林宴饮，挥麈清谈，探索玄理，弹琴赋诗，有时还秉烛夜游，一直被人们作为风流韵事，历代仰慕推崇。当今社会，由于工作繁忙，生活压力很大，即使有那样的雅兴，也未必能亲身体验。在人际交往中，饭局几乎天天都有，但酒足饭饱之后，不是吹牛玩牌，就是飙歌劲舞，而魏晋风流则几成绝响。我是学习古代文学的，一向追慕魏晋时代的文人们对自己生命的珍重情怀，因为文的自觉与人的觉醒是相伴而生的并蒂莲花，他们带着纯净与高雅，欲摆脱人世尘网的羁绊，追寻心灵的绝对自由，要在大自然的怀抱中放浪形骸，安放旷达逍遥的灵魂。我虽身不能至却心向往之。

今年春天，由于一件不得不做的事情，回了一趟老家，见到了一群特殊的朋友，却意外参与了一次竹林夜饮，在我看来，就是魏晋风流的当代再现，故作文以记之。

叙述夜宴之前，先要介绍故乡名人——廖理南先生，他被称为“抗癌斗士”，四次化疗，最终以超人的意志扼住了命运的咽喉，在亿万分之一的可能性中，创造了生命的奇迹。他还被称为“六真人”（说真话、吐真心、倾真情、干真事、求真理、做真人），在整理挖掘故乡的历史文化方面成就卓著，尤其《宿松县志勘误拾遗》一书花费了他十几年的心血，为家乡提供了一部信史，与《宿松县志》并行。我与廖先生虽然很早就相识，但读研之后，很少联系，近几年由于撰写了不少回忆故乡的散文，大都借助故乡的报纸和廖老师的“宿松古今纵览”自媒体平台推出，所以跟他联系紧密，承蒙不弃，他不仅四处帮我扬榷推介，还反复邀请我回老家后一定要聚聚。所以，这次回老家，廖老师就约了一班好友，在他家相聚，他八十多岁的母亲自下厨，弄出满桌的家乡菜，这份珍贵的友情真的难以用言语来感谢，特此向伯母和廖夫人深深鞠躬致敬！

酒席上，还巧遇县人大医疗纠纷调解委员会主任朱仁宋先生，他也是从陈汉山区走出来的老师，此前我只是闻其名，却并不熟悉，在廖理南先生的引荐下，有一次他突然想要我的散文集《遥远的青沙滩》，我随即寄给他一本，没想到他竟然用三天三夜将我的书读完了，还写了情真意切的评论，这既让我万分感动，也使我非常惊讶。我的文章竟然有如此的魅力吗？能得到他的高度评价，让我信心倍增。饭后，我们聊天，酣畅尽兴，仿佛有无穷的话题，因为一本小书竟然成为相见恨晚的朋友了。告别的时候，他反复强调一定要请我吃一顿饭，我因为有要事在身，只把他的邀约当作一般的客套话，并没有真正在意。

谁知，朱仁宋先生是一个季布一样重然诺的人，颇有侠肝义胆的豪士风采，他为人疾恶如仇却具有铁血柔情。他本有演讲家的天赋，又是学法律的，精熟法律条文，所以说起话来，既证据充足，又声情并茂，滔滔雄辩，很少人敢犯其锋。他为弱势群体敢于仗义执言，勇于挑战权威，被老百姓称为“朱青天”。为了请我吃饭，他采取了独特的方式，我原以为也是去饭店摆一桌，请上诸位好友，觥筹交错一番。但他的方式真的让我非常意外，一个大老爷们，他竟然亲自下厨！由于他的儿子在省城某银行工作，夫人带孙子也在合肥，竟为了实现那个承诺，他毅然放弃了周末与家人团聚的机会，一个人专程返回了县城。从下午开始，他就与水利局工作的内兄张阳主任一起合作，制作一道道家乡的美味。

下午四点多，廖老师先来找到我们，说是要陪我们夫妇去约另一个好友——寒川石，一个隐姓埋名于宿松小城的国家一级美术师。他与宋代著名画家龙眠居士李伯时是同乡，寒川石这个笔名，既富于冷隽荒寒的诗意，又寓含水滴石穿的坚韧顽强。他1940年出生在安徽桐城，祖籍徽州。自幼酷爱艺术，跟父亲学艺，字从唐楷入，画学《芥子园》，1958年师范毕业，1960年即举办个人画展。他潜心钻研书画理论和传统笔法、墨法，像蜜蜂酿蜜一般汲取中外名家作品的精髓，融会贯通，逐渐形成了个人书画风格。他书、画、诗、印兼善，尤精山水、行隶。行书《大江东去》获安庆八县一市优秀奖；香港回归之际，在全国征“龙”字大赛活动中，他的隶书“龙”字入选后镌刻在坐落于秦皇岛的大型九龙壁屏风上长期展出；人物画《志在四方》在北京展出。他为人慷慨豪爽，对知音者求索字画从来不拒，却蔑视权贵，颇有魏晋名士的铮铮傲骨。六十五岁之后，他由上海返回宿松，远离尘嚣，深入大别山及皖南山区写生，潜心创作。在皖西南这块钟灵毓秀、文化深厚的宝地，深深扎下他的艺术之根。他的画室与他的名字一样，简陋素雅，一股浓浓的艺术氛围紧紧将你包裹，仿佛沉浸在浓浓的醇醪芬芳之中。在廖老师的引荐下，鹤发童颜的老书画家握住了我的手，从他瘦削脸庞上略带沧桑的笑容及清澈和善的目光，可以见出画家在冷峻外表下面藏着一颗温暖热烈的心。果然，他的字画印证了我的判断。他的字以隶书为主，那笔画遒劲中带着龙飞飘逸的动感，体现出字中有画的特色；而他的画无论仙道人物、写意山水还是革命传统题材，都大气磅礴，诗意勃郁，体现画中有诗的意境，颇能显示皖南地区优良的革命传统和深厚的文化底蕴。我被他的艺术作品所震撼，也被他的人品深深吸引，我们也是相见恨晚，成为忘年交。我妻子大约也是第一次见到真正的画家，更是惊叹不已。后来他亲自书写赠给我的对联“虎啸千山声若电，龙图万水海为天”，盖上九枚朱红的印章，非常精美珍贵，我精心装裱，挂在大厅里，朝夕赏玩不辍。廖老师的安排颇为精妙，在真正的晚餐之前，先让我们饱尝一顿艺术的精神盛筵，这一铺垫让我深深陶醉。

我们四人沿着宿松古城狭窄的街巷，东折西拐，缓缓踱步，这又是让我欣赏一下三十五年前在这里读过书的古城风貌。宿松老街还是当年的样子，除了街道变成了水泥路，房子格局基本未变，仿佛一下子让我回到了宿松师范读书的1979年代，这条历经沧桑的老街，唤起我多少美好的回忆啊！小商店、包子铺、糕饼房、理发屋、批发部、小摊贩、农贸市场，依然如火如荼，住在这里的市民大都有很重的怀旧情结，不愿搬到宿松新城那漂亮的商品房里去住，因为眷恋这里的宁静安逸。当然，有的人家对老房子也进行了一些适当的改造，带院子的住户大都建起了几层的小楼，颇似小别墅，朱仁宋先生家就是这样的带有院子的三层小别墅，庭院虽然形状不规则，但布局精巧，中间可以摆放一张容十人用餐的圆桌，四周有翠绿的竹子，还有各种其他的绿色植物，四季都有鲜花盛开，颇有浓厚的田园诗意境，他们夫妇就是在这里培养出考取清华大学的优秀儿子。

显然，廖老师和寒川石两位先生，是这里的常客，一闻到浓浓的肉香，就知道大菜做好了。我们轻轻敲了敲铁门，院里传出朱仁宋先生热情的回应声，他腰间系着围裙，手里拿着铁铲，把我们迎进院里。我们坐在简朴的板凳上，朱先生沏好罗仙云雾茶，翠碧的茶汤中有一股淡雅的清香飘来，与院里已经开放的兰花和其他花儿的香味融会在一起，令人感到一股芬芳袭人的春天气息扑面而来。我端着茶杯，在朱先生的带领下，参观这个清华学子成长的摇篮，原来，房子虽然不大，却具有浓厚的文化氛围，书房里塞满了书，墙上挂着很多字画，寒川石先生的字画赫然在目，非常惹眼。所有的家具都是原木的，很少油漆，但摆放得秩序井然，朱先生喜欢这种纯朴简单的生活。与他的为人正直清廉非常相合，我想或许因为他与廖老师、寒川石先生都有相同的生活意趣，才会如此亲密吧。我读过古代的很多山水田园诗，非常渴慕古人之间真纯坦诚、没有心机的纯粹情谊，没想到今天在宿松老城的这所小院里真真切切地感受到了。

哦！原来朱仁宋先生好静怕闹，特意约了几个情趣高雅的友人陪我，不去追求酒店里那种热闹的场面，而下决心要让我享受故乡的全部味道。

忽然，我想起了孟浩然的《过故人庄》，那种没有任何相互利用的目的意图，只有纯粹朋友之间的友情，都呈现在大圆桌上的一盘盘菜肴之中了。

我就详细介绍一下吧。首先是我最爱吃的山芋粉圆子，柔软而弹性十足，乌黑发亮，上面撒着葱花，令人垂涎；接着是应景的水萩粑，将春天野生的水萩洗干净捣碎与糯米粉籼米粉混合，揉成面团，然后包入腊肉大蒜豆腐等拌成的馅儿做成包子，蒸熟之后再用香油和佐料搅拌，即成为一道带着浓厚春天味道的名菜；旁边的瓦罐里炖着土鸡、黑猪的筒子骨汤，芬芳诱人；更有来自钓鱼台水库的绿色土特产餐子鱼，用香油煎得两面金黄，泛出奇香；圆圆的白色糯米圆子、方形的粉红色高粱圆子，也是我们小时候家里招待贵客的中间碗，是“三圆席”中最庄重的菜；而那肉蒸面，更是最有钓鱼台滋味的东西；还有煎豆腐、油炸花生米、炒酸菜、辣椒炒肉、香菇鸡汤等等，满满的一桌，总计有二十道菜。我真的不知道朱先生和张阳主任，得花多少功夫才做出这么多的花样啊！除了惊叹还是惊叹，除了感动还是感动！朱先生原来当老师的时候，就非常认真，后来做律师，现在当调解员，每一件事都做得有条不紊，没有想到他竟然有如此精湛的厨艺，连做菜都像绣花一般追求完美，谁说这一桌子的菜与寒川石先生的画不是同类的艺术品呢？如果说字画是视觉的艺术，那么这些菜就是味觉和触觉的艺术。人们常说细节决定成败，能够成大事业者，必先学会做菜，老子不是说过“治大国如烹小鲜”吗？只有将一道道小鲜的菜肴烹煮得有滋有味，掌握住火候刚刚好的分寸，才能最终将一个很大的国家治理得井井有条。朱先生的严谨细致也是他能够培养出优秀孩子的秘诀吧。

总之，谁见到这样的场面，都会万分感动，我妻子在感动之余，还自愧厨艺拙劣，所以兴奋地拍照，要将这些美味的影像永久保留。我想，这不仅仅是对菜品的欣赏，更多的是对朱先生的人品非常敬佩。朱先生比我大十岁左右，是我的老师辈，花如此巨大的代价招待我，是为什么呢？我有什么资格得到这样的款待呢？我不过一介书生，写过几篇小文章而已，也从来没有帮过他任何忙，所以，我认为这纯粹是一种不带任何功利心的友情，是一种发自肺腑的真诚问候。

竹 林 夜 宴 记

我常常感叹，随着商品经济的发展，随着城市化进程的深入，纯朴的乡村逐渐凋敝，人与人之间亲情友情变得越来越淡薄和势利，金钱物质的崇拜与欲望权力的诱惑，渐渐使人迷失了心性，那小时候熟悉的故乡渐渐远去，只留下一个模糊的背影，因此，我每次回家都会加重对故乡的这种失望情绪，但是，今天，在宿松老城，我分明又感觉到我的故乡还活着，因为朱先生、廖老师、张阳主任、寒川石先生等人，还保留着故乡不变的本色，只要有他们在，就永远有我故乡的真容在。

曾子说："以文会友，以友辅仁。"真正的朋友相会，除了交流文章（品菜与画画都是文章），畅饮香茶美酒，谈论文章的乐趣之外，更重要的是要互相砥砺，共同培养仁德情怀，把大爱播撒到更加广阔的世界。我很赞赏曾子的朋友气象，神往这样的伟大朋友。

同道朋友就是黎明的曙光，黑夜的星月，海上的航标，天际的云霞，鼓帆的信风，值得憧憬，一旦遇到，就要珍惜一生！

有时候，一座城市或一个国家，如果有这样的一个人，一想起他（或她）你的心里就会感到温馨、踏实，这个人就可以算是你最好的朋友啦。或者说，因为一个人而爱上一座城或爱上一个国家，这也可以算是你此生的幸运，因为你遇到了真正的朋友。为了一座城的温暖，永远惦记城里的友人吧，因为友情是那座城真正的灵魂。

宿松古城春天的一次竹林夜宴，我生命中永远的感动、永恒的追忆。

2017年3月28日草，2019年12月28日改定于韩国首尔

游玉枢观记

说起钓鱼台，除了那碧绿如翡翠、秀色胜西子的湖水，也许给人印象最深的就是佛寺玉枢观了。

玉枢观建于何时，已经难以详考。据相关资料，可以远溯到北魏天兴初年（398），由于北方战乱，有陕西莲花庵精通医术的静修、善修二姐妹，云游到宿松，见此地风光旖旎，便驻锡于此，修建寺庙，采药推拿，救治病人，广结善缘。然据清道光版《宿松县志》卷五：“玉枢观，在治西六十里陈汉山，明永乐六年（1408）万法师建。……崇祯时（1628），朱耀祖同侄邑庠生允昌修。”则此寺实际创建于明代。古代像这样的寺庙，一般都因为战乱之后，社会上满目疮痍，人民既需要救治伤病，更需要精神寄托，故成为人民的避难所。所以，对人民有帮助的人，都会供奉在寺庙里，受到后人的敬仰膜拜。玉枢观并不是单纯某一种宗教的场所，颇似山西大同的悬空寺，是儒释道三教同尊的道场，在玉枢观布道传法的既有佛教僧尼，也有道教法师，甚至像朱公虎麟总管的神像也供奉在庙里。这位“朱总管”是明代末期人，生前为老百姓办了很多好事，死后灵魂寄托在此，能够保佑一方的平安。如果按照“陈汉”取名时间考索，最保守的估计，玉枢观存在至少五百年以上，在陈汉山区应当算历史悠久了。

玉枢观的位置最适合建立寺庙，让我们先回到没有建造水库之前吧。陈汉本是人名，因帮助明太祖大战陈友谅，立下了战功，封地于此，故名此地为“陈汉”。这里是群峰环绕的峡谷之间的一块比较开阔的盆地，成西北东南走向，由于朱湾河、北浴河、廖河、方山河交汇，形成水量充沛的陈汉河，流经墨烟、二郎，最后汇入龙湖。20世纪三四十年代，人们还在河里放过木排和竹排。由于陈汉的地理位置非常重要，古代是兵家必争之地，又是宿松与黄梅、蕲春、太湖、彭泽、鄱阳等县的交通咽喉，因此，民间号称“小四川”，是三省六县的通衢，这里人烟稠密，货物繁阜。在陈汉老街的西边，有两座孤立竦峙的山峰，两峰之间就是陈汉河的故道，汇聚了朱湾、北浴、廖河的河水，陈汉河才初具规模。河西边的小山，百多米高，孤峰矗立，钟灵毓秀，犹如一枚精致的玉玺，用佛家话来说，此山具有佛缘灵光，山顶的塽垲之处，适合建立寺庙。其实，从高空俯视，此山正处在陈汉沟的最中间位置，四方交通的焦点汇聚于此，这里四面均无遮挡，北望罗汉宕，西望罗汉尖，南邻羊毛尖，东向乌珠尖，四方行人商贾或歇脚于此，或礼佛进香于此，都十分方便，加上此处风景秀丽，所以玉枢观就落座于山顶了。

经历了数百年旺盛的香火，玉枢观已经成为四方远近僧侣和信佛民众的精神圣地。但是，20世纪抗日战争时期，这里也经历了战火的洗礼，解放之后，成立的新政府曾将寺庙改造成了粮站。1958年修建钓鱼台水库，水面漫进了朱湾、北浴、廖河的河谷，玉枢观遂成为一个孤岛，香客来往很不方便。在“文革”期间，玉枢观终于走完了它的生命历程，被下令拆除了。据知情的老人们说，那墙基非常坚固，所用的青砖尤其坚硬，也有人冒险偷偷收藏起一些庙里的墙砖或木料。庙宇虽然消失了，但玉枢观的地名依然保持下来。“文革”结束后，随着改革开放及宗教政策的落实，于是又有人开始提议重修玉枢观。

也是佛缘凑巧，恰在此时一位齐姓女子，发誓出家，法名释愿观，决意在此地修行，开始了燕子衔泥般的艰难重建，自1988年起，一砖一瓦，肩挑舟运，一木一梁，四方捐献，附近乡民自愿义务劳作，不避风霜雨雪，经历三十个春秋，终于初具规模，由当初的茅棚数间发展到前后两栋二层大殿，东西两边禅房十几间，基本上恢复了原寺的面貌，可供上百人入住修行，为僧侣及信佛的民众提供了一个安静的场所。

由于释愿观师父是我妻子大姐（为我岳母所抱养）的生母，所以我就常常到玉枢观礼佛进香。后来，大姐的婚姻也破裂了，她下定决心随母出家修行，法名释悟秀。2014年寒假，我带妻子和儿子回老家过年，特意到玉枢观看望大姐，所以就有了这次真正的游历。

记得腊月二十九的早上，大部分人家都在忙于过年，而我们则前往玉枢观，当时，水库的水虽然退了不少，但到寺庙还需要乘坐两边安装了拉绳的竹排。大姐身穿法服，剃了佛头，早早就在寺庙外边张望等待。我们已经六年没有见面了，妻子见到大姐，分外亲切也带了一点酸楚。亲切是因为从小一起长大，姊妹情深；酸楚自然因为大姐经历的痛苦折磨。我劝妻子想开点，毕竟大姐经历过炼狱，已经大彻大悟，解脱了婚姻和人际关系的羁绊，只要她开心就好。她们姊妹寒暄一番之后，大姐就决定给我全家念长斋，说明她的内心深处还有一丝温情的牵挂。说实在话，释迦牟尼佛曾说“所有的苦来自亲情”，因此要割断亲情才能成佛，才能真正做到四大皆空，只有进入了大彻大悟的佛境，才能将大爱献给所有的人。但我从大姐的表情来看，她还保存了最后一点人情味。我对佛理没有很深的研究，也一时难以做到觉悟，但对大姐的修行还是比较赞许的。这次看她除了礼佛进香，还想看看有没有什么需要帮助的地方。果然，大姐对我这个大博士给予厚望，希望我能给寺庙做一天义工，我当然同意。我的任务是给寺庙做一副对联，并帮她抄写一些东西。我很认真地做抄写工作，可惜小时候没有练习毛笔字，对联就很难以书写了。只留下一副对联的草稿。如下：

清虚灵镜玉枢观，静观世态炎凉；

慈悲大德朱总管，真管人间祸福。

我们告别大姐，回家团聚欢乐去了，而大姐又必须回到寺庙陪伴青灯佛卷，在钟磬与木鱼声中，继续她的修行。由于释愿观老师父现年事已高，身体虚弱，不能操劳寺里事务，大姐发愿续佛慧命，弘扬佛法，带领一方信众从迷惑走上觉悟，念佛安老，让尊老爱幼的中华传统美德发扬光大，为社会的和谐稳定作出应有的贡献。

大姐有宏大的志愿，希望她能有所作为。

我曾游九华山，为地藏菩萨的心愿所震撼，他说：“众生度尽，方证菩提；地狱不空，誓不成佛。”这哪里是一个仅仅追求清虚寂灭者能说得出的话？分明是一个伟丈夫的豪迈誓言，只有敢于奉献、愿意担当的人，才能做到这一点。唐代散文家柳宗元曾说从“有以佐世”这一点来看，佛教与儒家是相通的。从大姐的身上，我仿佛真的懂得了佛教的意义。

做一个超脱红尘的清醒觉悟者，看空一切，放下一切，乐于奉献，敢于担当，弃恶向善，追求众生平等，未必不是一种光明峻洁的人生境界。

瘫　娘

瘫娘，是一个裁缝。

她不能下地走路，终日坐在她家朝北的小窗口蹬缝纫机，她做的都是些人家不急用的活计，诸如旧布改做小孩的衣服，补破了的裤子，改扣眼，换拉链什么的。瘫娘好性子，不着急，反正一日24小时，有的是时间。

窗外是村子里通向山林、田野及菜园的一条路，一年四季，男男女女，大人小孩，川流不息地路过窗前，扛松树、挑粪桶、挖山芋或担稻子的汉子们累了，都喜欢在路边用叉拄撑着扁担歇息，一边用毛巾擦汗，一边看看瘫娘白皙的脸和修长的眉毛。瘫娘总是笑眯眯、乐呵呵地看着来往的人群，她喜欢看人们忙碌奔波的样子，但她从未走出过那个小小的房间。

瘫娘的脸白皙细嫩，大约是长年不见日光的缘故。年轻的光棍汉常常趴在窗棂前，跟她说些风流话，瘫娘并不脸红，她似乎傻乎乎的很喜欢听。但她的母亲看见了会出来撵走这些二砬子货。

瘫娘的手很巧，裁缝活计一学就会做，她也喜欢绣花，特别喜欢绿色和红色，她绣的碧叶粉荷及绿叶牡丹非常可爱，曾经得村里到著名的刺绣大家——我的奶奶——的高度赞赏。奶奶常惋惜地说："瘫娘，要不是腿脚坏了，准能找到一个好婆家，人长得那么标志，老天瞎尽了眼睛。"奶奶喜欢瘫娘的丰润白皙，说她的圆润的瓜子脸是十分福相的，要是瘫娘健康，奶奶说一定帮他做媒。

瘫娘最喜欢女孩和男孩子。女孩子喜欢看瘫娘做衣服，要是扣子掉了，瘫娘会帮她们缝上；男孩子喜欢看瘫娘露出雪白牙齿时的笑容，喜欢听她温柔和善的说话声音。

瘫　　娘

在那样的年月，一般人家是买不起缝纫机的，而瘫娘家竟然有两台，瘫娘的二姐巧娘就是四边村里远近闻名的大裁缝师傅，一年四季东家请西家接的，不需要上山下田干苦力活，却能够吃千家饭，很有尊严。瘫娘只能帮衬着姐姐完成白天不能完成的锁扣眼、钉扣子之类的活计。每个月，姐姐会给瘫娘一些零花钱。

瘫娘没有什么花费，她的零钱花在我们这些喜欢她的孩子身上，她非常相信我。总是说："华嘞，你去小店里给我买个线团子，然后买一毛钱糖果来。"我飞快地帮她买来线团子和五个糖果，她含上一颗，四个分给我们。我们就陪她说说话，然后就坐在窗台下面的壁角里，玩石子和扑克。玩石子，有"拉长三"的高难度技巧，三次不成功者会受到赢家的惩罚，瘫娘会给受罚者发一颗糖果，因此，瘫娘的窗外是我们的乐土，只要母亲不逼我们去田里地里，我们都会不由自主地跑到瘫娘的窗前去玩。

有一次，瘫娘的线团子滚到床底下去了，她喊我进她的小房里去帮她，我是唯一进入过她房间的小男孩，她摸着我的头，给了我一毛钱并两个糖果。她的房间整洁干净，带着一种特殊的香味。

寒来暑往，几度春秋。风霜雨雪，花飞花落。瘫娘一天天长大，早过了该出嫁的年龄。她的大姐、二姐和妹妹都相继出嫁了，瘫娘还是每天待在窗前做缝纫的活计，乐呵呵地看着窗外来往的人群。

人生有聚有散。那些陪她说话的孩子又换了一批新的啦，我们都长大了，而瘫娘还是寂寞地孤守空闺。

瘫娘的父亲是一个吃国家粮的先生，在外地教书，斯斯文文的，很少跟人家说话，而她的母亲是一个非常整洁和善的女人，她成天担心瘫娘会憋出病来，于是央求我奶奶给瘫娘说媒。

奶奶笑眯眯跟瘫娘说了些什么话，就四处给瘫娘找婆家。终于，在离瘫娘家二里地的一个姓廖的大屋场，找到一个忠厚善良的老光棍汉，说好了不要任何彩礼，只要永远对瘫娘好就行了。那汉子觉得是十分幸运了，就在一个春光明媚的季节娶走了瘫娘。随着瘫娘的出嫁，她的闺房的窗外，从此变得很寂寞，我偶尔经过窗前，看到那扇已经布满蛛丝的窗户，总有一种今昔之感。那里，曾经是孩童时代的乐土。

我再也没有见过瘫娘。

只听说她的结局很好，那汉子对她很好，瘫娘生了一个儿子，后来考取了解放军第四军医大学，发誓要治好他母亲的瘫痪病。

而今，瘫娘能够站起来么？她有那么好的儿子，我想瘫娘一定好起来了。

瘫娘一定会好起来的。

堂 妹

堂妹，在我们这一行辈的女孩子中，是绝顶聪敏伶俐的，奶奶曾经夸奖她说：“美佬的心有九窍，比别人多两窍。”

妹妹，长得小巧玲珑，声音非常尖脆明亮，吐字清晰，如果学唱歌，一定是个女高音。她的为人很像我的婶子，从不乱说话，言必有据，在村子里很少得罪人，做事永远小心谨慎。所以人缘关系很好。

如果妹妹那一次也能谨慎，也许就不会是这样的结局了，很是惋惜悲痛。

那是她九岁读三年级的时候，有一天下午回家，妹妹突然对我叔叔说：“爸爸，我的腰痛。”叔叔瞪圆了眼睛说：“小孩子，说什么腰痛！你是挑了一百斤担子还是怎么的?”妹妹不敢回嘴，不敢申辩。妹妹是个特别懂事的孩子。遗憾的是婶子也没有过问其中的原委，以致铸成大错。

原来，妹妹在学校里读书，课间休息时，和几个女孩子一道玩“播米”游戏：两个女孩子背靠背，手挽手，一个弓起背，另一个脚尖点地，腾起身子压在弓背女孩身上，然后下来弓起背做同样的动作，一边说“播米播米”，一边打着节拍，怪轻盈可爱的。由于不小心，或者因为妹妹身子瘦弱，没有把握好，那个身子强壮一些的女孩子竟然从妹妹的背上滑溜下来，妹妹的脊椎骨承受的压力过大，“嘣”的一声响，似乎是骨折的声音，受了重伤，当时就痛哭了。但是那个女孩帮妹妹揉了一阵子，安慰了一番，然后，妹妹感觉到减轻了一些疼痛，就擦干眼泪回了家。叔叔和婶子没有介意此事，认为孩子游戏受点伤休息几天就会好的。

谁知，此后的一个月时间里，妹妹经常喊腰疼，但是叔叔还是不相信，认为过一段时间会好的。

半年时间过去了，妹妹还是喊腰疼。叔叔和婶子终于意识到事情可能很严重了，就带妹妹去医院检查。竟然是“脊椎骨骨折”！而且已经钙化，不能再伸直了！叔叔和婶子觉得晴天霹雳一般！女儿的腰伸不直，将来怎么办？

不管怎样地寻医问药，都没有效用，妹妹的背脊渐渐拱出一个包来，随着身体的渐渐发育，那个包越来越大，妹妹的背被迫一天天弯下去。妹妹不能再去学校读书，不能扛东西，只能一天到晚待在家里，做一些女红之类的活计，有时候帮妈妈烧烧火，捡捡菜，锉锉猪食。她本来就心灵手巧，那女红做得跟奶奶的差不多了，做的鞋垫非常漂亮结实。墙上永远贴着她小学四年级下学期得的一张优秀三好生奖状。

妹妹太寂寞，哥哥去读书了，家里只有她一人，所以央求妈妈养了一条小黑狗，妹妹常常将狗狗抱在怀里，有时候跟狗狗说话。妹妹心地善良，从没有怪罪伤害她的那个女孩子。

叔叔和婶子，成年累月在外忙碌，妹妹和狗狗就在家里看家护院。

妹妹就这样弓着背，坚强地活了十年。十九岁的女孩子，应该是头发乌黑、容颜渥润，水灵灵的丰满可爱的时候，而我的堂妹却像一个低矮的老头，头发灰暗，脸色蜡黄，只有不到一米的身高，骨瘦如柴。妹妹在一个寒冷的冬天，在一阵微弱的咳嗽中走完了她十九年的生命历程，死的时候很安详。这是一个多么可怜的生命，因为一次游戏而铸成终生大错。更奇怪的是，那条黑狗，与妹妹相依为命的大黑狗，在妹妹死后，疯狂地喊叫，不几天也死了。

叔叔和婶子，将妹妹和黑狗埋在了一起，让她们做个永远的伴。

每年，我们大年三十下午去祖坟山祭祀，也在妹妹的小坟前烧一炷香，挂几刀纸。祈求冥冥中的神灵护佑我的“质本洁来还洁去”的堂妹。

十八年的祈福，十八年的等待，终于感动了上帝。婶婶竟然相隔十八年再次怀孕，生下了现在的小妹妹。我相信：一定是堂妹重新投胎到了人间。

千朵桃花一树生，今生的兄妹原是前世的情缘。

愿我们多多珍惜这前世修来的兄妹缘分！

汪 姨

汪姨，是一个非常白皙美丽且温柔善良的女人。

她是邻居小毛叔的妻子，我姑姑的闺蜜，又是我奶奶做的媒。

她结婚那时，我刚刚满两岁，被姑姑背着去看新嫂闹新房，房间里都是一片红色的海洋：大红牡丹花绸缎新被子——对折叠放在床里边，褶皱里有柏树叶和落花生——象征百年好合、早生贵子；粉红色的鸳鸯荷花帐子，枕头上也是绣了一对红色小鸳鸯——意味着鸳鸯双栖、永不分离；桌子椅子凳子油漆得鲜红闪亮，门贴上是红对联，连那灯座都贴上了红喜字——象征日子将红红火火；汪姨头戴红绸巾，金黄的丝绦垂挂的珍珠不停晃动，她坐在床沿上，身边的帐子成“人”字形斜斜地挂在一对闪亮的金钩上。奶奶是牵娘（媒人），姑姑是伴娘，坐在汪姨左右。

房间里人头攒动，推来搡去，高声喧哗，大声起哄，中心不外乎两点：一是要求小毛叔赶快去掀起红盖头，当众亲吻新娘；一是借闹新房浑水摸鱼，从绸被子的褶皱里摸红鸡蛋或落花生吃，顺便在新娘子身上揩一把油。我姑姑是村子里最美的姑娘，那时刚刚二十岁，会唱歌会宣传，平日里威望极高，那些倾慕她的小青年只能远观不敢近前，但今日不同，闹新房的肆无忌惮也膨胀了他们的野心，都想借机揩我姑姑的油。他们表面上目标是新娘子，实际上却瞄着我姑姑。姑姑一边大声喝退涌上前来的人，一边保护新娘子，一边还要保护我。我站在姑姑和汪姨之间看着攒动混乱的人头，非常着急。忽然，有一个青年被推倒了，正好落在我姑姑的怀里，他仰起头一脸馋相，可怜巴巴地看着姑姑的脸庞傻笑——意谓我不是故意的，是他们推搡造成的。我虽然只有两岁，但明白这是侵犯我姑姑的不怀好意的举动，于是毫不犹豫地对那张脸“啪”的一个嘴巴，整个房间都能听到清脆的响声。房里的人们不知道发生了什么，瞬间惊呆了。等到他们弄明白原委，就都围住那个得到奖赏的挨嘴巴的青年闹腾去了，也有人对我的义举高声赞美：“打得好！”

奶奶说：“打得好！该打。”

姑姑并没有生气，摸摸我的头，说：“看来还需要我的华儿来保护姑姑啊！”汪姨也伸手把我紧紧揽在怀里并亲我的小嫩脸，赞扬我的勇敢，说长大了可以依靠。她怀里柔软而温暖。闹新房一直到子夜时分，人们闹腾够了，终于神情疲惫而各有所获地离去。

我长大之后才明白这就是“洞房花烛夜”的人生喜事。从那以后，姑姑也开始了她神圣的花季，经常带我去汪姨的房间，跟她说些秘密话，不时发出我听不明白的诡秘笑声。只见汪姨有时不好意思地背过脸去，她脸上不时泛起红晕。

汪姨每每总是抱着我说：“什么时候要生一个这样聪敏伶俐的儿子就好了。”我看到汪姨神色凄凉，那温柔的眼睛有一丝泪光闪过，我当时不明白什么意思，等到我四岁的时候，终于从奶奶的话里发现了端倪。奶奶有一次跟汪姨的婆婆聊天，我正好在旁边，她们神色严峻，奶奶问：“有喜了吗？”汪姨婆婆说：“愁死我了，两年了，还没有一点迹象哦！”奶奶说：“我看她的身板很好，应该不会吧。要不去医院检查吧？”汪姨婆婆沉重地摇摇头：“检查几次了，不知道什么原因。”

那时的乡村，还比较封建，结婚最重要的传宗接代，要是结婚几年都不怀孕，是非常严重的。婆婆的忍耐最多不会超过三年！

为了拯救汪姨和小毛叔的婚姻，姑姑根据奶奶的提议，做了一件我至今念念不忘的“坏”事。山村乡俗，每年中秋节，都可以“摸秋”——偷人家田里地里的庄稼、瓜果、甘蔗等，被偷的人家不能骂，或者越骂越发。这样偷东西的和被偷的都心安理得。

这年中秋是个响晴，庄稼长势好，冬瓜尤其壮硕。那天清早，我还在被窝里睡眼蒙眬时，就听见姑姑在和几个青年商量事情，其中就有那个挨过我嘴巴的黑牛哥，他是姑姑忠实的追随者，呼之即来挥之即去。姑姑说："黑牛，你晚上去蔡嬷嬷家麻湾里的菜园里偷一条最大的冬瓜来；你——狗儿，负责去偷红辣椒；你——猪儿，负责弄一顶红帽子；我来缝制衣裤。晚上八点准时聚合哈！"几个忠实的粉丝兴高采烈地分头准备去了。奶奶进屋来吩咐一番，就帮姑姑一起制作一套小孩的衣服。大家都显得很兴奋又神秘。

晚上八点钟，都聚集在姑姑的房间，黑牛抱来一条二尺多长的青色冬瓜，狗儿弄来很鲜艳的红辣椒，猪儿弄来一顶漂亮的小红帽。姑姑将那冬瓜穿上衣服，装上四肢，插上红辣椒做成一个小男孩模样。然后包进一个枣红布做的襁褓里。一行人径直向汪姨家走去。

奶奶早就跟汪姨婆婆约定好了，汪姨的房间像结婚时那样，再次打扮得一片通红。正在汪姨莫名其妙的时候，我们一齐涌进了她的房间。将那个红色的襁褓迅速塞进汪姨床上的红绸被子里。汪姨打开襁褓一看，立即明白了，原来这是借"摸秋"来"送子"啊！汪姨感动得热泪盈眶。小毛叔和汪姨婆婆也都万分感激，赶忙张罗茶水和瓜子。汪姨抱着我，摸我的脸，又看看那襁褓，我相信她不久就会生一个像我一样的儿子了，小毛叔和汪姨婆婆那时就会满脸笑容，汪姨心头的阴云就会驱散，他们一家将会过上和美幸福的生活。因为，我们相信民俗的神奇力量。

但是，命运并不按照人们善良的愿望，将喜讯送给汪姨。一年之后，依然是那样苗条，肚子并没有像婆婆希望的那样鼓起来。婆婆不能再忍耐了，汪姨与小毛叔离婚了。在春光明媚的三月，汪姨就要离开这小山村，她与小毛叔抱头痛哭，然而婆婆却铁青着脸，坐在靠椅上一言不发。

汪姨一身粉红色的衣装，身材纤细苗条，皮肤白皙细嫩，步履姗姗，头上插着一支兰花，一身香气地离开她生活了四年的家。很多乡亲们都默默地远远观看。

我和姑姑送了她很远。

汪姨流着泪走了，姑姑也流着泪。

而那条闪着金光的金牡丹河依然泛着清波，不管人们的悲伤，竟然唱着欢快的歌儿，伴随汪姨流向山外。

我心里空落落的，不明白这到底为什么呢？

2017年3月15于花津河畔

且等来生

这个故事发生在我任教于“入山居”（朱湾辅小）的时候。

我那时刚刚二十岁，正是青春励志的年龄，面对困难和挫折时，总会不由自主地想起蒲松龄的一副对联来：

有志者，事竟成，破釜沉舟，百二秦关终属楚；

苦心人，天不负，卧薪尝胆，三千越甲可吞吴。

一方面品味其中的深刻寓意，一方面神往项羽当年的喑呜叱咤和勾践的忍辱负重，幻想着自己最终也能成就一番伟业。有时候又想，如果能有一块坚硬结实的木板，将这对联刻在板上，放在桌前，朝夕相对，该有多好啊！

我此时练习镌刻有两年多了，用司米树雕刻私章已经颇有些模样，还给老朋友周本谋刻了一枚“乐在其中”的藏书印，给叶海路刻了一枚“轻舟一叶狂海路”的纪念印章，就是没给自己刻点什么有价值的作品。

当我无意间把这个遗憾告诉邻居木匠程刚师傅后，没有想到学徒已经三年的程师傅竟然帮我弄到了一块五寸长、三寸宽、一分厚的司米树木板，用刨子推得光滑平整，那迷人的白色，细腻的纹理，摸摸都会感觉浑身舒畅。我知道这种司米树长这么大至少需要二十年时间，年仅二十二岁的程刚是怎么找到这么大的树，至今还是一个谜团。

我非常激动，也异常感动。于是开始琢磨怎样在这块板上雕刻我追求的那副对联。说来也巧，正在我苦于写字的时候，练习书法颇有造诣的胡学德老师到我房间里来聊天，我央求他帮我写字。他说需要回去练习一周，再写上去。于是，我赶紧把刀具、章床等准备停当。果然，一周之后，那块美丽的木板上，出现了柳公权体的四行字，端庄厚重，颇有骨力。我心无旁骛，全心投入，也用了一周时间终于把那对联刻好了。真是当作宝贝一样，爱不释手，日夜摩挲，甚至晚上还抱着木板入睡呢！

大概三个月后的一天，正是清明节前后吧。程刚师傅突然深夜很急切地来到我的房间，神色很惶急峻切。我赶忙问他原委。他说房里说不方便，于是邀我来到“入山居”对面的红石嘴河边的草丛里。我是第一次夜晚来到野外的河滩上。这“入山居”颇有些来头，据说是清朝一个举人的私宅，是一个全部用青砖建造的四合院，皆两层木楼，四面通连，中间大院里栽种数棵柏树，最大的一棵已经长到二十米高了，四周被二尺多高的圆形水泥框子围住，远看就是一个巨大的盆景。房子建造在一个幽静的山谷里，背山面河，是一个读书隐居的好地方。解放后，房屋收归政府，几经辗转，变成了“朱湾中学”，后来中学迁往河对面的元家坂，就改建成“朱湾辅小”了。

天空缀满繁星，四面都是乌黑的山峰，唯有跟前的河水在不知疲倦地殷勤奔流，发出哗哗啦啦的响声，与草丛间百虫的鸣叫相应和。除此之外，就是我们的谈话声。我问：“你到底遇到什么闹心事啦，这么急切地晚上来找我呢？”

他说：“我喜欢上一个姑娘了！”

“我还以为什么大事呢！”我笑了笑说，“你勇敢向她表白呀。”

“正因为不知怎么向她表白，所以才来找你啊！”他回答，黑夜里我能感受他眼里的那份焦渴与惶急。

“那，我能帮你做什么呢？”我有点不解。

“你知道，我只读了五年级，她却上过初中。我没有水平，能不能请你帮我写一封情书呢？”他流露出殷切的期望。

“帮你写情书？怎么写呢？我自己从未写过情书呀！”我在感到非常滑稽的同时，也觉得代人写情书很刺激。

他说："我知道很难写，因为我写不了，才来求你的，——你们学校的老师我都熟，他们的学问都不如你，也不像你那样乐于助人。"

古人说："君子成人之美。"我于是答应了。程刚紧紧握住我的双手，那可是冒着热气、刚劲有力的拿过斧子、拉过大锯的一双粗糙的大手啊！黑夜的星光下，我看到他的眼睛烁烁有光。

我根据他述说的点点滴滴经历，梳理了一下思绪，开始独撰代言体情书。要是真的也遇到这样一个心仪的姑娘，我肯定会羞涩难堪，语无伦次的，但现在是旁观者，怎么说都不觉得肉麻，于是文思泉涌，滔滔不绝，一泻千里，竟然写出了厚厚的十页信纸！

程刚读了信，竖起大拇指，无限佩服地说："果然大文豪！我要是女的，一定会被你打动。"他把那个米黄色的信封封好口，连夜就向女孩居住的村子——洪家冲——奔去了。他说他要当面交给她。

洪家冲在朱湾河的上游，是一个"山重水复疑无路，柳暗花明又一村"的美丽村落，都是数家公共大堂厅的老屋，主要是洪姓人居住，唯独程刚喜欢的女孩家在一个偏仄的河边竹林里居住，因为她姓白，名叫白莲。父母都是本分的农民，白莲老大，脚下有两个妹妹和一个弟弟。因为要承担长女的义务，白莲读到初二就辍学了，尽管成绩很好，但为了能让弟弟上学，她不得不去砍柴、扛树，帮助父母一起挣工分，补贴家用。在那样的岁月，这种情况相当普遍。

我躺在被窝里，想象着白莲读到这封长信的情态。她今年正好二十岁，长得苗条白皙，五官端正，满头乌黑的飘逸的长发，尤其那张微微翘起的嘴唇，非常耐看——这些都是程刚描述的——，她相当勤劳能干，每天天刚亮就去河里挑水、洗衣服、洗菜，然后做饭，又上山砍柴，到藕池、九山去扛树卖钱，她用辛苦的血汗钱给弟弟买漂亮的书包和铅笔盒，她照看妹妹们，给她们买毛线织毛衣，她孝敬父母，替父亲挑便桶，给母亲担水，她还喜欢看书，——一在下雨天不出工，就会来到大堂厅里看木匠给待嫁女打家具，看漆匠将那满房的家具油漆得红光锃亮。程刚学徒期间经常跟师傅在洪家冲打家具，认识了白莲，虽然没有交流，但心里越来越喜欢她了，简直到了不见她就抓耳挠腮、万爪掏心的地步。他说得不到白莲宁可去死。——有一次，白莲去浣洗衣服，穿着一身青色碎花的哔叽布衣裤，他就藏在竹林里的密草丛中远远观看，一直等到她回家，才回到大堂厅去干活。——有一次，白莲独自一人去碧潭湾洗头发，洗完后坐在一块巨大的红石上晒那美丽的长发，犹如仙女下凡一般，把程刚看得几乎痴呆了。——有一次，白莲扛树刚刚回家，风尘仆仆，红晕的脸上缀满汗珠，令人心疼，——她吃完饭，又去给她上初中的弟弟送柴火。总之，白莲在程刚的眼里就是当年诸暨的浣纱美女西施。

有时候，帮人家的忙，会起反作用。第二天程刚又来找我。我问他："见到她了吗？她回答你了吗？"

他说："我当面把信给了她，并说喜欢她。——但她没有表态，把脸转过去了。"

我说："没事，女孩子嘛，第一次接到情书总会羞涩的。何况她对书信内容不熟悉，你且等待几天吧。"

果然，过了几天有消息传来，说除非每周给她一封情书，否则别谈。这可急坏了程刚，也为难了我。我可不愿意每周都写情书啊！这样就变成我在谈一场虚无的恋爱呀！

看着程刚万箭穿心的样子，我也只好继续下去。

程刚每次来找我都显得很沮丧，我知道这样下去，他会崩溃的，因为始终得不到白莲的确信。同时，我也累得筋疲力尽，跟一个不认识且没有感情的女孩长期写情书，对我来说也由兴奋刺激变成油煎火熬了。我几乎施展了全部技能，来满足程刚，同时我隐隐感觉到那位收信者似乎并不喜欢程刚，也许对这位真实的写信人产生了兴趣，那时我该怎么办呢？

果然，这世间的事情，每每不愿意如所料的那样恰如所料。我终于累病了，不想也不能再写下去了。却意外地收到了白莲的来信。原文如下：

尊敬的吴老师：你好！

我知道那些信都是你写的，程刚没有那样的水平。我读了你写的第一封信，就非常佩服你了。因为喜欢你的文字，所以我就让程刚每周给我一封信。我知道你是他的好朋友，一定会帮助他。果然是这样，我渐渐喜欢上你了。但我知道我没有读书配不上你。当我知道你累病了，我心里很难过，我想早点结束这场游戏。又不忍心拒绝程刚，但不能嫁给你这样的读书人，我也不甘心。就像程刚想得到我那样。希望你早日康复。

白莲

1985年6月

我不敢把这封信给陈刚看，此后就找各种借口不再写信了。程刚大约感到了压力，就出远门学油漆去了。一年后，我调离了朱湾，去了钓鱼台。也就不再过问程刚和白莲的事情。但恰恰就有噩耗传来，白莲在一个风雨交加的夜晚，因山洪暴发，她家的房子倒塌了，她为了救护弟弟妹妹，不幸掉进了洪水之中。而远在外地的程刚得知这一噩耗，竟得了重病，一年后也郁郁而终。

我是这个悲惨故事的参与者，我能逃脱罪责吗？我未能帮助程刚实现他的愿望，反倒促使他英年而逝，我难道是一个不祥之人吗？

深夜每当醒来，总像有程刚的魂魄跟着我似的，还有白莲姑娘美丽的倩影总缠着我。我摸着那块司米树木板，想起往日的故事，无限伤感。

这人生为什么这么诡异呢？

我只能默默祈祷："今生无缘，且等来生吧！"

2017年3月16日于花津河畔

笋 衣

当人们欣赏凤尾竹吟风潇洒、袅娜妩媚的优美神态的时候，很少有人记得她们出生时穿着衣服的样子，因为那时还不能称为“竹子”，而叫她“竹笋”。当竹笋们在春风春雨滋润下，在暖日温煦的慰抚中努力向云霄生长，生出枝叶之后，就挣脱了浑身包裹的衣服，颇似胎儿从胞衣中冲出来一样，先前保护竹笋们的深褐色的笋壳，便一层层裂开掉到地面，横七竖八地散落在青琅玕似的新竹四周的柴草丛中，与鲜嫩的草叶和灿然的野花相依相伴，所以，当你进入晴岚袅袅、清气扑面、洁净凉爽的竹林，在满眼的婆娑绿云和满耳的泠泠清音中欣赏竹林清韵的时候，你准会认为这些纯净芳翠的精灵们是从深厚的泥土中冒出来的，其实，她们小的时候也曾穿着坚硬的铠甲——笋衣。如果没有人来收拾这些笋衣，它们就会在暴雨山洪季节慢慢腐烂，变成泥土的一部分，重新成为竹子生长所需要的养分。

当然，靠山吃山的乡民们，不会让竹子的衣服白白烂掉，而是做到物尽其用，将这些笋衣收集起来，细心整理，发挥其应有的作用。一般来说，笋衣从长叶子以下的部分，都比较宽大结实，如果用水浸湿，在热锅里熨烫，然后放在床褥下面压平，就变成了一张张光润平整且坚硬的“笋衣纸”，可以用来剪鞋样，纳鞋底，或者就直接用来作床垫，由于透气好又有韧性，用于鞋底就起到了现代鞋子的气垫的减震作用，做鞋样则永不变形，也不容易损坏，能节省很多纸张，做床垫那比稻草要好很多，具有蓬松柔软的弹性，跳上去还吱呀吱呀作响，颇有现代席梦思的滋味，我们小时候就最喜欢睡在笋衣的床垫上；而尾梢部分则细小脆弱，即使伸展开来，也是皱皱巴巴的，除了用来搓成挂肉的绳索，就只用来作柴火了。总之，笋衣是必须收回来的，于是家家的阁楼上都堆满了层层叠叠的笋衣，形成山里人家的一部分不值钱却喜欢收藏的东西，这笋衣不怕虫咬，可以保存很多年。当然，由于竹子隔年就是“当年”（竹林生长竹笋少的年份叫“花年”，次年生长笋子多的年份，称为“当年”），这种笋衣就会取之不尽，所以笋衣当年用不掉的一般家庭都会处理掉，因为来年新的笋衣，总永远在那里等着我们呢。

大山的出产与平原很是不同，永远形成互补的交换关系。在平原地区河网纵横密布，田畴肥沃千里，盛产稻米鱼虾，就是我们山里人垂涎三尺渴望得到的珍物，而山里出产的竹木器具，松菇木耳，珍贵药材又是平原人甘愿跋山涉水也要购买的宝贝。这是人们都能理解的，但是这平凡朴素的笋衣，也有人来上门购买，却让山里人吃惊不小。既然有人愿意收购这些遍地都是、年年都有而并不值钱的东西，于是，家家年年收集笋衣，也就成为山里人的一项必须的工作。也就因此有了下面的故事，这笋衣竟然具有不平凡的意义。

其实，我们小山村的改革开放，要比大城市稍晚一些，1980年才开始土地承包，实施农田按照每户人口分配，所以刺激了农民的生产积极性，到1986年左右，农民在吃饱的基础上，才真正开始了商业贸易经营活动，小山村最显著的就是办起了很多私人造纸厂，随着方山纸的畅销，渐渐出现一些其他的经营方式，如各种小商店、小专卖部、小加工作坊，如雨后春笋，层出不穷，以致只要能赚钱，什么都可以进行买卖。像茶叶、竹器加工、裱纸销售、山货土特产贸易等，都变成人们赚钱的重要手段，也就是在这样的背景下，生活在平原坂区的农民们，在农闲空隙，也没有闲着，都纷纷钻进大山深处，寻找能够贩卖的物资，所以一辆辆拉货的小卡车、三轮车开到了钓鱼台水库的大坝上，载满从山里挨家挨户收购的茶叶、竹木器具或者直接收购原木原竹，整车的拉出山外。也有一些家庭条件差的租不起卡车三轮车，就采用运输成本最低的人力板车。

笋　衣

有一年暑假的一个上午，母亲出门倒垃圾，正好碰到一群狗在狂吠，原来一个来自外乡说话做声气（我们山里人都说地道的宿松话，而像坝头、许岭、程营、洲头等地的人则说着黄梅话或江西话，我们听起来感觉怪怪的，称为“做声气”）的中年妇女，头上包着一个毛巾，手里一根磨得光光的竹扁担，肩上一个大麻布袋，乍看颇似当年来自淮北的要饭人，连狗狗也看不起，而我母亲由于经常去坂区卖茶叶和柑橘，知道外乡人不容易，就连忙驱赶开那些狗，将那人引到家里来。原来这是一个与母亲年龄相仿的中年妇女，家里有七八个孩子，现在是暑假农闲时候，赶紧进山来收点茶叶回去贩卖，好准备孩子们下学期的学费。这个女人，虽然精瘦，但显得干练，黧黑的皮肤，一脸沧桑的皱纹，她的目光和善，从她的笑容就知道是一个实诚人，不会坑蒙拐骗。与我母亲很对眼，加上得知她大女儿也是宿松师范毕业，已经分到山里来上班了，并且跟我可能是同事，所以母亲对她非常客气，既帮她屋前屋后张罗她想要买的东西，还给她倒茶，邀请她在家里吃饭，那女人自然千恩万谢。当她发现我家阁楼上有一堆笋衣时，那女人忽然兴奋起来，她很想买这些笋衣，虽然母亲不明白她买回去做什么用，但放在家里既没有什么大用，还占据不少的空间，就爽然答应卖给她。因为她此前买下了我家所有要卖的茶叶，所以母亲等于是半卖半送地将两百斤笋衣给了她，并告诉她这东西先前还用来做鞋，现在主要是买成品鞋，所以山里人不大用这笋衣。但大山里每年都有丰富的笋衣，如果她觉得有用，每年都可以上来收购。那女人更是感激不尽。果然，这一次就收购了接近一千斤的笋衣，足足可以塞满她家的大板车。接连的几天，她和她老公一起进山，把这些笋衣运下山去，在水库大坝上装车，拉出山外。据说，这些我们看来没有什么价值的东西，却成为他们六个孩子的学杂费，要知道，1988年代，一个孩子的学费都要五六十元，而她家有七个女儿一个儿子，母亲最佩服她对每个孩子一视同仁，自已吃苦受累也要让孩子读书，让母亲非常感动，在购买笋衣这件事上，母亲确实帮忙不少，还慷慨赠送给她两根扁担。她们成了朋友。

这不值钱的笋衣，竟然可以成为孩子读书的学费，就像我们当年削的冰棒棍可以换来让我们吃饱的大米一样。这笋衣一斤最多就赚几分钱，要多大一堆笋衣才够一个孩子的学费啊！那个收购笋衣的人来我们小山村收购过多少笋衣，已经无法知道了。据说她的儿子上了初中之后，家庭负担减轻了，就再也没有来过。而我母亲竟于1993年冬天去世了，这些屑屑往事，早已随母亲的离世而变得模糊起来。在母亲的忌日，我身居举目无亲的国外，突然又想起这些事，算是对她的一点回忆。母亲一生善良，乐于助人，她不知道她帮了一个跟她一样伟大的母亲，那位收笋衣的人，所有的孩子都成了人才，她大女儿与我同过事，另外两个女儿和最小的儿子都是我的学生。那个年代，她们家与很多勤劳奋斗的家庭一样，想尽一切办法，操持家务，养育孩子，非常不容易。好在天道有常，多与善人，如今她家所有的人都生活得很幸福。

我希望普天下的善良人都过上和睦幸福的生活。祈祷母亲在天国永远安详！

2019年冬月初五草，冬月二十八改定于韩国首尔

奇　缘

人生百年，虽看似漫长，却转瞬电灭。俯瞰人生，虽繁花锦绣，但渺若飞烟。品味人生，实五味杂陈，故感慨万端。唯有生命旅途中的那段奇缘，值得你永远珍惜追忆。

我与妻子的相识相恋，就是一段奇缘。

一、神明的兆示

妻子曾反复告诉我她亲历的一件怪事。

大约七岁的时候，一个冬天的中午，放学回家，她与三四个小伙伴走在崎岖的山路上，突然她发现村里水电站蓄水池的大铁管上面有一个白胡须老人，身穿红袍，拄着龙头拐杖，像年画中的老寿星那样，慈眉善目地看着她们。但是，小伙伴们都吓得魂不附体，像飞燕子一样穿过竹林跑回家，只有她不怕，照样慢慢地走路，还不时回头看看那老头，老头对她笑了笑，转瞬就消失了。她揉了揉眼睛，老人真的消失了。此后，再也没有见过。回家后，她向父亲讲述了刚才的经历，父亲迅速前往察看，然而寂无人声，惟余蓝天高悬，水声潺潺，四面苍松环绕，绿竹依依。妻子的父亲相信神明，这认为那老人是神仙土地老爷。感叹道：“我女儿有福!”

二、第一次相见

她第一次见到我，是在我无意的情况下。她那时候读小学二年级，当然不知道我会是她将来的丈夫。我那时十九岁，在辅小工作，年终结束前的考试，都是全乡调动监考，以防作弊。我与一名女性梅老师恰好去藕池村小监考，我恰好监考二年级。在一间只有一面窗户的昏暗的教室里，十几个男女孩子，看着辅小来的老师，个个心虚胆怯，不敢有半点作弊的举动。若干年后，她回忆起来说，她当时最羡慕女老师，觉得她的穿着非常高雅时尚，而且那爽朗的笑声非常迷人，同学们都远远地追着女老师看，而走在女老师身边的那个阳光男孩，在她心目中简直就是威严的男神，她说要知道那人便是未来的夫君，当初决不会那样畏惧的。我第一次上藕池，住在学校一位老师的房里，夜闻溪水潺湲，如歌如诵，心境颇乐；天幕碧蓝如洗，缀满了晶亮的星辰；密密的杉树和繁茂的绿竹，阴森如墨，森林中不时传出奇怪的叫声，给人一种“山静似太古”之感。那时还没有接上华东电网，而藕池村拥有丰富的溪水资源且垂直落差很大，于是率先建立水电站，夜晚万家灯火，与天上的繁星交相辉映，颇有人间仙境的意味。这个夜晚给我美好的印象，我做梦也没有想到，这里将是我未来的岳母家所在地，此后将会长期盘桓于此。这也是人生的一大奇事。

三、第一次送别

1986年9月1日。

正是入山居辅小开学的第一天，而我不得不离开工作了五年的朱湾，因为我调往钓鱼台了。按照惯例，凡是调离的人都要在学校吃最后一餐饭。但我为了表示对我尽心尽力服务了五年的学校的不满，拒绝了最后的午餐，而是接受了在乡政府工作的好友廖哲兄的盛情宴请。当我从乡政府吃完饭归来，去拉走自己的行李——一辆小板车，载着我的一个没有油漆的杉木书柜和数十捆文学书籍及一些日记本——对厨房看了一眼，校长及老师们正吃完了饭，脸膛喝得红红的，也有几个平日里关系好的老师前来向我打招呼。我向老朋友——居所门前的那棵宝塔形的大柏树——挥挥手，拉着板车离开了入山居。

当我走到红石嘴的时候，有一件让我感动的事情发生了：梅耐雪老弟带着五年级的两个班学生追来送别。梅老师喊道："立正！向吴老师致敬告别！"齐刷刷的两排学生，在梅老师的组织下，列队向我告别，并齐声说："老师，您辛苦了！老师，再见！"那声音震荡山谷，引来许多农人驻足观看，我感动得热泪盈眶，没有预料竟得到学生们最高级别的送行。

这些学生中，就有我未来的妻子。她说，虽然不是我的学生，但那次送行却印象深刻。要知道那是送别未来的夫君，她一定会哭的。

人生到处充满了离别，应该学习古人"无为在歧路，儿女共沾巾"。

四、第三次相见

我第三次见到她是在1994年的暑假期间。那时我们都经历了家庭的劫难。她的大嫂年仅29岁，忽然中风离世了，对她大哥及家庭打击巨大。大嫂留下两个儿子撒手而去，犹如黑云压城啊！她大哥哭肿了双眼，她母亲晕过去了，她父亲整日流泪，大嫂最小的孩子仅七个月，还不会说话。由于家庭变故，她不能专心致志读书，加上学校环境恶劣，同学们也都无所用心，老师则放之任之，她对念书失去了信心，高考的失败是必然的结局。后来去花中复读一年，依然名落孙山。这就是她陪同学来钓鱼台玩的背景。

我的情况更糟糕。1989年春天，在责任田里盖的三间土砖瓦房，被强行拆除了，全家七口人无处安身，只得权居村公所，对父母伤害巨大；加上已经订婚的女友家突然反悔，提出我无法满足的天价条件，于是只得分手，也是损失惨重；更惨沮的是母亲五十岁时突然中风仙逝，全家沉浸在巨大的悲痛中，至今未能消减；还有我三次报考研究生都是铩羽而归，因此心中万念俱灰。用迷信的话讲，这叫作"六亲同运"。她家遭遇巨创的同时，我家也碰上前所未有的灾难。两个命如黄连的人，在钓鱼台岛上我的那间简陋的宿舍里见面了。

她说，第一次见到老师房里有那么多的书。有的女人喜爱"财产"，而另一种女人则欣赏"才华"。前者是物质财产——不需努力继承来的"死"

财，后者是精神财富——需要艰辛奋斗才能获得的“活”财，价值当然不一样。她属于后者，她翻看着我的藏书，感受到一种脱离烟火气的雅致情怀，体会到一个不屈灵魂的坚韧奋斗精神，有一线灵犀在两颗心之间暗自相通。虽然还没有嫁给我的意愿，但相互的倾慕与欣赏已经埋下了未来情缘的种子。她说那个夜晚是神奇的，她对我最初的印象完全是一种从未有过的“尊敬”。一种对知识的“崇敬”。这是她身上洋溢的脱俗雅洁情怀的体现。与八年前红石嘴送别的那个人之间的距离忽然拉近了。虽然我们几乎没有正眼看过对方，但漫无边际的攀谈中，都给对方留下了深刻的印象。

五、真正的相识

暑假接近尾声的时候，有一天我与学生开年去广福医院看一个医生，没想到我们刚进医院，她正好牵着外甥从医院出来，由于前面那个夜晚的相识，我们很有礼貌地打了招呼，她穿着白衬衫和黑色短裙，齐耳短发，洁净白皙的脸蛋，给人小鸟依人的纯净感。更巧妙的是，当我们办完事吃完午饭返回钓鱼台的时候，竟在三合医院旁边的公路上，再次看到她。我们再次打招呼，从此对她颇有关注。没想到，过了几天开学了，她竟然应聘到钓鱼台中学当初一英语教师了，成了我的同事。她上课的教室就在我的宿舍隔壁，因此有事没事总喜欢到我的房间转转，看看我书柜里面的各种书籍；我去厨房吃饭时必须路过她的宿舍，也就有事没事随便到她的房间玩。她的房间十分简陋，除了几本教学课本和参考书，就是一些高中课本。那时候她的高考梦还没有熄灭，夜晚常常拿出高中课本认真复习，只是因为家庭变故，不得不先找个临时工作养活自已再说。她的房间给人一种特有的清爽洁净的感觉，她很会整理房间，所有的东西摆放得整整齐齐，毛巾、被褥、衣服等虽不名贵，但都干干净净，地板也天天打扫，办公桌更是一尘不染，每天走进她的房间，总看见她握着一个小小的玻璃茶杯，但永远是半杯白开水，她不喜欢喝茶叶。她过着最清寒也最朴素的生活。

然而，她为人大度随和，不跟人计较，也不占别人便宜，课余饭后，同事们没有任何负担地到她简陋得不能再简陋的房间打扑克，以致必须站着抓牌，她房间里整日充满欢声笑语，但她从不厌烦，也积极参与这些娱乐活动。渐渐地她的房间成了娱乐中心，大家有事无事都喜欢到“鸭儿”房间转转，事务长老桂、才和、晓钟与我几乎是常客。但表面热情洒脱的她，内心深处其实很苦的，只有我对她比较了解，因为我们长谈过几次，知道她曾经在初中阶段成绩优异，因为没有看到数学试卷背面的两道题目，遗憾地与中专失之交臂，高中阶段，突遭大嫂去世的悲剧，严重影响了她的心情，加上身体单薄瘦弱，难以适应高中复习阶段的高强度生活，不得已才来当教师。

我对她先是同情理解，后是下决心帮助支持，因为我很佩服有志向的人，觉得帮助她是一种快乐。我当时所能做的主要是从精神方面鼓励，也有一些物质方面的，如我给她买来一盏新的罩子灯，灯罩擦得雪亮，希望夜晚帮助她认真复习功课。又给她买来开胃药片，因为她身体单薄却每餐只吃很少的米饭（有人称她是“一两妹”），俗话说“人是铁，饭是钢”，不吃饱饭，哪有劲看书学习呢？另外，我喜欢钓鱼，几乎每天都有收获，那野生鲫鱼汤熬得像牛奶一般，鲜香中带着一丝甜味，因此经常送给她一碗鱼汤。她很感激我，吃了开胃药和鱼汤后，果然饭量渐渐增加，由单薄渐渐变得丰盈起来，脸上有了血气，学习劲头大起来了。

大约国庆节前后，她那正在宿中复习的老同学贺丽萍来看她，在她房间里住了一个星期，她们天天形影不离，我也常常参与其中，鼓励她们明年高考一定取得成功。她在我的鼓励下，对前途充满了信心。因为我也在积极准备考研，都在为那个遥远的不可知的美好前途而奋斗。我也常常帮助她复习一些语文之类的课程。她把我当作大哥一样，她说学校里其他老师她都敢直呼其名，唯独我，她总是喊“吴老师”。她虽然不富裕，但对老同学却非常豪爽，同学住了一个星期从不厌烦，同学离开时还送一些钱物。

这时我就想：这样的女人将来一定善于持家，因为人缘好，肯定会得到别人的帮助。我对她开始敬佩起来，我相信人只有撒得开才能收得拢。

在个人生活习惯方面，我们也有相似之处，我们的房间永远干干净净，秩序井然。每次去水库边洗衣服，总能看到她，于是总会帮她洗那些床单、被褥之类的大件，然后一起返回。她的窗外有供老师晾晒衣服的铁丝绳子，我的衣服总是最早挂在铁丝上，与她的衣服并列在一起。我每天早晨右手拿着一脸盆的脏衣服去水库边清洗，左手握着一台半导体收音机，正放着全球华语歌曲排行榜的歌曲，她说这是我留给她印象最深的画面。

渐渐地，我们成了要好的朋友，是那种可以相互信赖、相互帮助的朋友。

六、三次做媒

我与她大哥同年，但过了而立之年却依然单身，数次考研都因外语差几分而未能成功，家里又遭拆房之痛、丧母之悲。因此，给我做媒就成了她的重要任务，我喜欢上了乡卫生院的一个漂亮的女护士，护士正是她的同学兼老乡。我只要一说去医院，她就立刻放下手头的事情，跟我一起去，路上我们一边嗑瓜子，一边谈论怎样接近那个女护士。她说一定把我不方便讲的话传达给她，力争促成一桩美好的姻缘。记得那次终于请动了女护士和另一个广福医院的女医生一起吃饭，由学生开年做东，我去买肉和酒。广福来的女医生身穿火辣的衣裙，人也热辣辣激情奔放，而我喜欢的女护士则白皙娴静温柔，风格迥异。当我站起来敬酒时，忽然停电了，我冒出一句："熄火了。"而向广福女护士敬酒时，则来电了。大家一齐哈哈大笑。这对我来说却是一种不祥的预感。后来她告诉我，她们仨都是同学，乡医院的女护士嫌我身材不是太高，可能影响后代，因此明言拒绝了我，但我们还是好朋友。而广福的女医生则不计较身高的缺点，说羡慕我的才华，愿意跟我谈朋友。

世间竟有这样的奇迹吗？这就是所谓的一见钟情吗？她于是又热心地帮我与那个女医生穿针引线。大约一周之后，她从广福医院回来，捎给我一封信，信中明确了那个意思，并且希望我一周之内答复。我对那位女医生只见过几次，并没有交谈，但她对我却早有耳闻，且不计较我所有的过去，也不在乎我现在的贫困，还说我早就是她家的人——因为她父亲与我曾同事，我的商品粮供应折一直落户在他父亲的折子上，大概有三年之久——我十分惊骇。毕竟婚姻大事，需要慎重考虑，大概两周之后，我回复了那位女医生，信是托她搭去的。但她回校后告诉我一个我至今内疚的消息：那位女医生因为没有在规定时间内收到我的回复，愤然辞职到外地打工去了！而我的回信仅迟到了几天，浪费了一个人对我真挚的情感，我至今还觉得过意不去。我们至今没有见过面。我与妻子常常提起这件事，总是百感交集。

一个女护士不喜欢我，而另一个又因为我而辞职。这两次做媒都未能成功。但她还在积极帮我寻找新的对象，终于又找到了一个漂亮的裁缝，女孩的家很远，希望我抽空去见个面。但我已经对婚姻不抱什么希望了，下定决心先考研，再谈恋爱。也就慢慢冷却了婚姻的念头，整天在看书背单词的苦海中游弋，希望实现心中那个遥远的梦想。

七、缔结姻缘

随着夏天火辣热浪的退去，心里对爱情的渴望也逐渐降温，秋风带来了凉爽，也冷静了心绪。她因为没有准备充分，放弃了高考，转而想一边教书一边参加英语专业的自考。而我别无选择，只能参加考研。记得1994年，我还参加了一次劳模班的高考，但教育部后来叫停了已经招生三年的劳模班，我又白费功夫了。考试的屡战屡败，使我情绪低落，整天坐在水边的礁石上发呆或以钓鱼消遣愁怀。她很同情我，常陪我一起闲聊或看我钓鱼，然后一起熬鱼汤喝。她也常常周末不回家待在学校里，而且不断有人给他介绍男朋友，弄得心神不宁。倒是跟我在一起时能得到片刻的安静。

我们由先前的谈未来的理想渐渐变成了谈现实人生，彼此有了一种相悦的依赖感，由生疏不在意变得有点形影不离了，以致别人误认为我俩在谈恋爱。由媒人变成恋人也是常有的情况。

有一天，我提着红塑料水桶在桃花林的水边钓鱼，正好还剩一根钓竿，就邀她一起钓鱼，她也觉得孤坐房间无聊，就兴致勃勃去垂钓。冷不防我问她："别人说，我们在谈恋爱，你说冤枉不？"

她却果决地说："嘴长在别人身上，你管得了吗？——即使谈恋爱，也是正常的呀！"

"这么说，你不反对吗？"

"我就觉得你人很好的，我挺喜欢你，也挺感激你啊！"她脸上飞出一朵红霞。

"真的吗？"我这时才真正看了她一眼，心里电光一闪，难道那苦苦寻觅的因缘就在眼前吗？看着心灵纯净、聪慧果决的她，我动心了，从此对她的关心更提高了档次，什么最好吃的东西都会跟她一起分享。任何时候都会站在她的立场去考虑问题。

也许两颗苦难的心都在渴望对方的温暖，"同是天涯沦落人，相逢何必曾相识"嘛，在一个温馨的夜晚，我第一次拥抱了她，她没有拒绝，紧紧依偎在我的怀里，我们说出了那句恋人们都会说的誓言，决心建立一个家庭，再一起共同奋斗。

在钓鱼台的孤岛上，我们缔结姻缘，走到了一起，完成了青春的故事。

八、风雨同舟

虽然得到了她的芳心，但女婿总要过岳母大关的，我对未来的岳母一无所知，也难以知道苛刻的条件。她是母亲最小的孩子，据说当年怀她的时候正是四十二岁的高龄，那时计划生育抓得很紧，大队部书记又是岳母娘家侄儿，大义灭亲是工作中常见的情况。岳母是一个女丈夫，挺着一个大肚子在大队部捶桌子，发狠说："要我去引产可以，先断绝亲戚关系，此后永不来往！"那书记虽然态度强硬，却不敢把事情做绝，也就睁一眼闭一只眼，好在她并不像我那个小弟弟，落了月也不出生，她却像赶场似的，当夜就出生了，书记也就无奈地算了。现在想起来多么惊险啊，要是岳母屈服了，我将到哪里去找我的妻子呢？

有一天夜晚，我对她说："你母亲反对我们在一起吗？毕竟我比你大九岁啊！"

她说："我母亲虽然办事很果断，却并不封建，我的事情我自己做主。——她对你印象很好呢！"

什么印象很好？哦，我突然想起来，曾经跟几个同事一起去过一次她家，还在她家吃饭、玩牌，并住宿过一晚。她母亲慈眉善目，家里整洁干净，待人接物慷慨热情，正是自己省吃俭用也不亏待客人的那种典型的本分农村人，有一种深厚的忍耐品质。岳母大约很喜欢读书人，喜欢有上进心的人，后来竟不要一分钱彩礼，就让我把她心爱的小女娶走了。

这对我太重要了。那时，我还没有从拆房、丧母的困顿中缓过气来，拿不出彩礼钱，勉强布置了婚房，还是学校领导同情，多给了一间房子，就在学校举行婚礼。那一年，她家也是很困难的，先是姐姐出嫁，姐姐十七岁就出外做裁缝打工，家里的开支大多是姐姐承担，姐姐二十五岁了，挣了几万块钱来嫁自己，那满房的油漆得通红家具，用一辆大货车拉走了。而轮到她出嫁时，家里已经没有余钱置办嫁妆了，因此就不要我的彩礼。我只拿了少量的礼物，跟她的亲人吃了一顿饭，就牵着我的新娘的手，离开了她的娘家，在钓鱼台的小岛上筑起了温馨的小小的香巢，开始孕育后代了。

风霜雨雪，飘过四季。

我们依靠相互的微温，温暖着对方，我们相依为命，风雨同舟，相濡以沫。向我们走来的是充满希望和严峻挑战的无穷的日日夜夜。

九、漂泊江城

1996年7月1日。

一个永远铭记的庄严日子，我们爱情的结晶终于呱呱坠地，在一场巨大的暴风雨之后，儿子降生在那个孤岛上，母子平安。我在其他散文中有详细描述。

儿子在学校的浓厚文化氛围中诞生，又沐浴着书香成长。岳母年事已高，还要辛苦地带三个孙子，但为了我的孩子，她毅然来到学校里亲自照料我的儿子，为了减轻她的负担，我把她大哥的两个儿子也一起接来读书，这样我的三口之家一夜之间就变成了热闹的六口之家啦！

1998年9月1日。又是一个庄严的日子，我十年奋斗终于有了结果，考取了安徽师范大学的研究生，导师就是著名的唐诗研究专家刘学锴先生和余恕诚先生。命运从此改变了航向。一年后，我变卖了家产，挈妇将雏，乘坐小木船，离开了寄居十年的钓鱼台小岛，沿江东下，漂泊江城芜湖，在一个叫作“三山里”的地方租了一个一室一厅的小房子，让妻子和儿子开始了城市的新生活。

儿子在芜湖仪表厂的春苗幼儿园上学，并开始了练习电子琴，后来一直学到中央音乐学院的考级阶段的最高的九级。妻子则终于完成了英语专业的大专阶段学历，并拿到了大学英语四级、六级证书。然后自学完成了中文系本科课程，获得了文学学士学位，算是实现了求学的愿望。而我则一直读到博士学位，在大学当了一名教授。

一晃又是十年飞逝而过。其间的辛酸苦涩难以一言尽述。先是岳父中风瘫痪在床，长达十年之久；后是岳母跌下悬崖，股骨粉碎性骨折，需要长期疗养。她家里屡遭变故，我们也由于买房债台高筑，无能为力，只是在过年过节带一些钱和礼物去看看岳父岳母。关键是这期间她的几个姐姐和哥哥也都不顺利，一家都浸泡在苦海里挣扎，艰难度日。

天阴总有霾散时。而霾散却在二老去世之后，他大哥二哥都盖起了新房，居住条件大大改善；大哥的小儿子考取合工大，毕业后分到美的集团；二哥的儿子则考取外交部公务员；尽管大姐遭遇不幸的婚变而落发为尼，然而大姐的两个孩子在深圳开小公司，却取得了成功；其他两个姐姐都过上了平静的生活。我的儿子也考取了大学。日子正在芝麻开花节节高啊！然而子欲养而亲不待，永远的遗憾什么时候能够弥补呢？

人生就是一场没有返回的旅程，漂泊有漂泊的况味与美好，艰难困苦中相互帮助，相互扶持，也体现了人生的美妙。患难与共的日子也是日子，虽无花团锦簇的轰轰烈烈，却有春风阳光、蓬勃野草野花的温馨浪漫，只要能与相爱的人在一起，那都是可以满足的生活，无论贫穷或富裕，都是走完这一生。与其坐在宝马车里哭，还不如坐在自行车上笑呢！

十、相伴永远

未老先作归田赋。

离退休尚有一些时日，我们就在规划退休后的生活。我们有一个心愿：力争不给孩子增添任何负担。所以，从现在开始，就要加强锻炼，常吃清淡菜，力争远离老年人常见的疾病，多去健身房少去医院。再买一栋背山面湖、环境幽静的大房子，预备好空余的房间，静待未来的孙子孙女们前来探视，享受天伦之乐，能给他们一个宽敞舒适的小空间。准备一个四面书架的大书房，让陪伴我一辈子的书们有一个称心如意的归宿，然后学习欧阳修，当一个“六一居士”，优哉游哉，徜徉于文山书海，勤奋耕耘，播种知识，酿造书香，享受夕阳。

最好，还有一个大点的花园，可以栽花种菜，体验躬耕田园的乐趣。春天看百花争艳，听百鸟喧歌，品花气馥郁，赏泉流涓涓；夏夜看明月在天，清光遍地，观流萤飞渡，享蒲扇清凉；秋天闻桂子飘香，赏木叶金黄，瓜果累累，玉露晶莹；冬季看雪花飞舞，暮色苍茫，即使外面冰天雪地，而内心永远暖意荡漾。

闲暇时，或抱抱孙子孙女，享受天伦之乐；或吟诗作画，笔歌墨舞中陶冶情性；或静静地欣赏音乐，练习歌唱；或牵着老伴的手，徜徉于林间水边，看云起云飞，看花开花落；或坐在摇椅上，咀嚼那青春的故事，在慢慢变老中，努力挽回已经消逝的时光。

执子之手，与子偕老。儿孙绕膝，满园花开。书香绵延，泉源悠长。

2017年4月9日于文津花园陋室

追忆去赵岭拜年

有人说："因为一个人，惦记一座城。"这必定是城里的那个人承载着你人生的某种愿望，在那里你能找到属于你的温馨与快乐，他（她）是你最值得信赖并依靠的精神支柱。因此，人们靠相互的微温抱团取暖，通过缘水而居的方式聚集成村落，而每一个村落里必定有一个灵魂性的人物，其言行举止和精神境界不仅影响他的家人，也对外围的世界产生遥远的映射。赵岭村的赵爷爷就是这样的人，他是我年轻时代的精神导师，每当大年初一一过，我第一件要做的事就是去赵岭给赵爷爷拜年，在他家感受文化氛围的熏陶，那种过年时节全家学习、劳动的情景仿佛历历在目，那种奇妙温馨的感受依然记忆犹新。

1981年大年初二。

一场百年难遇的大雪，将陈汉老区的千峰万壑覆盖得严严实实，平日里突兀陡峭而棱角分明的山峰一律变得温柔圆润；梯田梯地隐藏起田埂和地坝，山谷间的田野则是一平如砥，千里一白；高大雄伟的苍松翠柏，风姿绰约的萧萧凤尾，都垂下它们美丽的头颅，作弯腰鞠躬状，像胖囡囡一般，憨态可掬；清凛凛的雪后寒风，穿越溪谷与丛林，迎面扑来。但是，这一切都不能阻止我前往赵岭的坚毅的脚步，因为那里有我渴望的温馨。

我背上母亲为我准备的礼物——两斤腊肉、一斤冰糖和一盒糕点——怀着兴奋急切的性情，拄着一根水竹杖，沿着雪野里的人行脚印出发了。

出门就是大山阻拦，但我的意志很快就征服了和尚尖延伸下来的上屋凹，那是海拔五百米的一道平顶山梁，站在山顶向西北眺望，雄峻矗立的峰峦丛中就隐藏着赵岭小村。这山脚下有一段著名的险路——夹石岩——

仅二尺来宽，左边是陡峭的山崖，右边是百尺深涧，此刻叮咚的山泉已经寂然无声，都被严酷的厚冰封堵了喉咙。再前行，就是风光旖旎、姿态婉约的廖河冲，两岸村落成片，炊烟点点，沿河的石路蜿蜒伸进象鼻弯的老鹰涧，这里两边都是数十丈高的石灰岩，你偶然仰头观瞧，一定感到惊心动魄，因为那些危如累卵的巨石，似乎摇摇欲坠，又如猛兽奇鬼，森然欲搏人，且溪涧中冷风飕飕，即使酷暑夏季也令人毛骨悚然！我无所畏惧地穿过了老鹰涧，走上了通向八斗坪的上岭路。这里山腰间的梯地都种着成片的漆树——令我畏惧的气味独特的经济木材，此刻漆树们一律掩埋在雪堆中，并没有散发出奇怪的味道。

绕过数道山梁，来到了一个叫“梓树坞”的村子。但这里并没有成片的梓树，倒是遍地苍松翠竹，尤其那深邃的山坞，密密麻麻都是数丈高的筼筜竹，黑洞洞阴森森的山坞中一条一米来宽的小路，横贯山腰穿过竹林，路上除了行人的脚印，还不时可以看到野兽快速奔跑留下的印迹，给人一种原始森林的印象。穿过梓树坞的横排路，又是斜斜的上岭路，真如古人所说：“山重水复疑无路，柳暗花明又一村。”果然，在通过两面陡峭的山峰豁口之后，一条弯弯的石级小径，伸进一个别有洞天的山涧，这里就是著名的赵岭村。村口是一条数百米落差的深涧，蓄水池大坝外面可见两根巨大的钢铸水管，原来是高山峡谷里的水电站，一到夜晚，万家灯火衬托着这静谧的小山村，别有一番风采。

在行走五六个小时之后，我感到浑身汗涔涔的，远远就看见人家大门口贴着红色的春联，听到村子里传来零星的爆竹声，预示着新年的气象。同时，也看到赵爷爷和我的恩师赵老师站在高处阳台朝谷口张望，也许他们认为这个点我应该到了。我老远向他们挥手致意，赵爷爷笑眯眯地说：“小吴到了。”在一片和乐融融的祝福声中，我跨进了赵爷爷家的大门。说来真巧，我刚安顿下来，门外传来一个清脆洪亮且率真惦念的声音：“赵校长、赵老师新年好啊！振华来了吧？”原来是老同学胡昌延到了，他从高龄南下，我从方山北上，几乎同一时间赶到了精神圣地——赵岭。

赵奶奶赶忙张罗饭菜，赵爷爷在灶下搁栏烧火，我和昌延端把小椅子，围在赵爷爷身边，一边帮他烧火，一边讨论问题。他随身带着报纸，《人民日报》《光明日报》《安徽日报》是赵爷爷长年订阅的，对社论很熟悉，对国内国外大事了如指掌。我们自认为思想比较新锐，尤其胡昌延同学，是哲学迷，随身带着马克思、恩格斯的著作，大谈青少年修养和现实黑暗方面的问题，总是一副振振有词的雄辩家模样，我则对文学作品比较感兴趣，喜欢谈论刚发表的有关伤痕文学的小说，也对现实愤愤不平。赵爷爷就一边开导我们看问题不能只看表面，要看到积极的深层内容，一边还用报纸卷成的筒子轻轻敲打我们的头，和善地说："你们小说看多了，负面消息看多了，思想有点小问题啊！"赵奶奶在灶台煮菜，对我们的讨论不感兴趣，就埋怨赵爷爷说："两个孩子刚进门，你就要进行思想教育，让小吴小胡休息休息呀！"赵老师是教物理化学的，对哲学之类也不感兴趣，就带着上初中的弟弟小凤去门口的水塘收集沼气，回来后用打火机点燃瓶口的沼气，并告诉小凤沼气是甲烷，燃烧后生成二氧化碳和水，并写出分子式，他们在进行化学实验。那时巧云最小，很乖巧地跟着哥哥们看热闹，滴溜着一双圆圆的黑眼睛。那个身材精瘦、书生气息浓重的凤起叔叔则躲进村公所一间安静的房间自学英语去了，说是准备大学毕业后参加托福考试（后来终于成功了，去加拿大埃德蒙顿攻读博士学位，现定居美国，成了终身教授）。赵老师大哥是玩狮子灯的高手，此时已经在外村表演。赵奶奶和善热诚，不一会儿热腾腾的饭菜就摆满一桌，我们于是围在赵爷爷周围享用美餐，一边吃还是一边谈论问题。总之，这是一个学习气氛浓郁的家庭，在那时是非常罕见的，他们不喝酒抽烟也不玩牌，即使过年的时候，都是洋溢着书香。长期的熏陶，必定会产生深远的影响。现在想来，那是多么难得的一种机缘啊！下午似乎很短，聊着聊着天色暗下来了，于是赵爷爷生起火盘，拿一把铁火钳拨弄赵岭最好的栎炭，客厅里暖洋洋的，我们围坐在一起谈现实人生，谈未来理想，谈学习体会，谈新年计划，感觉是海阔天空，四周洋溢着一种催人奋进、积极向上的氛围，我当时确实感到一种温馨的幸福。至今想起那简朴单纯、朝气蓬勃的场景，还觉得是人间最美的风景，尤其看到当下被金钱奴役后的山村，民风衰败，物欲横流，亲情淡薄，缺乏理想，四处弥漫着读书无用的气味，就不由自主地怀念那时的敦厚纯朴，怀念那时人心的清澈透明。而能够营造这种深厚文化氛围的核心人物就是赵爷爷，是他的精神操守和人格魅力，在构建自家浓厚学习氛围的同时，也影响着他身边的人。他是我见识过的最忠诚的共产党员，从不为自己谋私利，也不计较工作条件，堪称兢兢业业为人民服务的好公仆，尽管他是我们师范时代的校长，但永远和蔼可亲，从不摆架子，对待学生就像对待自己的孩子一样，即使过年的时候，也从不放松学习，并时刻关心学生们的思想动向。

夜晚的赵岭，仿佛远古似的静谧，在赵爷爷家的小阁楼上，我与昌延兄继续促膝长谈，共同的志趣和理想，渐渐加深我们之间的友谊，这种发源于赵岭村的兄弟情历经三十多年的考验，依然坚如磐石。

此后数年，我们还是正月初二去赵岭拜年，实际上是去精神圣地接受一次洗礼，感受赵爷爷家浓厚的文化氛围。随着赵老师成家、凤起出国、小凤考上大学、巧云出嫁，赵爷爷也搬进了城里，我们再也没有去过赵岭了，但心里永远荡漾着发源于赵岭的那股暖流。赵岭的山水雄峻与婉约交融，多产奇伟男子和温柔女子，我认识的何家孪生兄弟及侄儿雪松（我的学生），赵家的芝兰玉树，都是后来的风云人物，赵家第三代赵旦已经读完博士进入中科院工作了，可以预见将是大有作为的科学家，我想都与赵爷爷的精神人格紧密相关。

赵爷爷，名长勇，于2012年5月10日，与世长辞。他是关心学生关心儿孙后代的和善导师，更是改变我命运的人，我们应该心存感激。他去世时，我在芜湖穷忙，未能亲临哭祭，唯以一副挽联寄托哀思：

追忆去赵岭拜年

上联：赵岭耸巍峨，仁厚忠诚一辈子，辛勤耕耘，为国家为人民鞠躬尽瘁，思想光辉好榜样，惜哉人间顿失真公仆；

下联：长溪涌绿漪，德泽滋润六十年，努力浇灌，替儿孙替学子呕心沥血，襟怀坦荡大君子，痛矣吾等永怀圣恩师。

尊敬的赵爷爷，愿您的英灵好好安息，并荫庇您的学生和家人吧！

2017年2月3日（立春日）

神　偷

我十六岁的时候，被一个神偷害得几乎要崩溃了，当时那种几乎要屈打成招的心灵折磨和欲哭无泪、有冤无处申的绝望心情，至今难以忘记。

那是1980年冬天，我正读师范二年级。

一天早晨起床后，睡在我下铺的叶树明同学突然惊叫起来："有贼！我衣服里的钱和饭票不见了！昨夜晚上房门是拴好的，——肯定是寝室的人偷了！"顿时，他就委屈地大哭起来。一个月的饭票呀！还有五块钱呢（此日刚发补助金）！搁谁身上不急？

一颗炸雷在寝室里炸响。

叶同学的哭声很快就传遍了整座宿舍大楼，传到了班主任石凡老师的耳中。他风风火火赶来，下令严锁寝室，寝室的其他人都不准离开，除了叶树明。我们这七人中必定有一个是贼？那是谁呢？

我们检查了床铺和衣服，每个人都没有丢失任何东西。看见窗户和房门都是关好的，因此首先排除了外人翻窗进屋偷窃的可能性，那个可恶的贼必定藏在七人之中。石老师作出了非常坚定的判断。他说："你们之中，是谁拿了叶树明的钱和饭票，现在主动拿出来，还可以求得叶树明的谅解，如果顽抗到底，查出来，一定开除学籍！"开除学籍！好容易考上来，就因为偷东西被开除，谁也知道那是最悲惨的结局。我们都是十六七岁的孩子，个个吓得脸色灰白，那个最小的祝世荣自己也曾经被偷过，此时正手足无措。大家相互看着，都在猜测谁是贼呢？都在等待那个人主动站出来。但是，一个多小时过去了，没有人主动站起来，大家都心怀恐惧地待在自己的床上一言不发。

神　偷

石老师在房间踱来踱去，不断威胁、恐吓。寝室里还是死一般的寂静。

“不敢承认是吧？我就不相信审查不出来！”石老师知道人都会爱面子，做了这种事情，谁会当众承认呢？他要运用隔离审查的办法。他让我们一个一个单独去他的房间接受审讯，其他人不准出房间。

一个人去了，其余六个人胆战心惊地等待，既担心那人会怀疑自己，又希望他回来就不再找其他人了。六人中怀宁的王涛根觉得自己是最过硬的，就声音很大地说：“敢做就敢承认嘛！干吗让我们一起受罪！”那他的意思贼就在我们剩下的五人之中，不料我们一齐说：“你认为你没偷，就一定是我们之中的一人偷的吗？谁做的事谁心里最清楚！”

正在这时，第一个去的同学回来了，喊下一个同学去。这样，第四个轮到我去了。我不知道前面三个同学是怎么说的，石老师问我：“你是一个家境贫穷又聪敏好学的学生，我相信不会是你，你说最有可能的是谁呢？”我说：“我没有偷，我从小到大，都没有偷过别人的东西。但我昨晚睡着了，真的不知道是谁。”

“你平日观察，谁可能干这种事情呢？”石老师进一步诱导。

“我不能怀疑任何人，我平时只注意读书，没有观察这些事。”我岂能乱怀疑别人呢！

石老师问不出实质性的东西，只好换下一个。一直到七个人都问完了，还是没有一个人主动站出来。谁知，这时石老师突然说：“根据刚才的单个谈话，我已经大致知道了是谁。我现在再给他一次机会，主动到我那里去承认，否则，后果自负！”他扬长而去，留下我们一脸的无辜与恐惧。

这天夜里，我们寝室除了叶树明去上自习，其余的人还在接受石老师的审讯，这次他改变了战略。他运用整材料的方法，让每个人写材料，相互揭发。

我是最后一个去石老师房间的，已经晚上十点钟了。他并不给我看其他人所写的内容，那里面会不会有人怀疑我呢？我与叶树明床铺最近，家庭又非常困难，既有作案的方便又有作案的可能性，其他的人是否全都这样猜测的，为什么让我最后去呢？我感觉到空前的恐惧，甚至担心那个贼如果害我，等我去了老师房间，故意将赃物放在我的床上，那该怎么办？我的以前只会想数学物理化学的头脑，此刻不得不猜测这些子虚乌有的各种可能性来。真的搜肠刮肚也想不出可能是谁偷了这些东西。石老师已经疲倦地躺在床上，鼾声大起，我还坐在桌前冥思苦想，我十分确信自己的清白，也不敢污蔑别人的清白，坐到凌晨两点，等石老师睡完一觉，发现我还坐在这里，说："你写完了？怎么还不走呢？"

我说："我在等你睡醒。""你回去吧，顺手把门关上。"他说完又睡了，并没有急于去看我写的材料。

我回到寝室，发现大家都没有睡。他们急切地问："你怎么三四个小时不回来？你写了多少字？"

我说："老师睡着了，我不敢回来。他刚才醒了一下，才叫我回来。我就写了几行字。"大家虽然放心了，还是略有怀疑，三四个小时就写了几行字，谁信呢？

好容易熬过了最艰难的一天，寝室原来很和谐的，大家都有说有笑，而今，谁都缄默不语，那个贼没有被挖出来，谁的心上都笼罩着一团疑云。石老师还在班级发动学生大胆揭发，声势造得很大，但是有一点还算克制，石老师并没有向学校汇报，没有让保卫处和街道派出所介入调查，他相信他能够解决这件事情。他在反复审问和材料揭发无果之后，调转语气说："孩子们啊，求学不容易呀，你不承认，学校将报公安局，要是调查出来，那就作犯罪处理了。为你们的父母想想吧。"

第三天过去了，还是没有人承认。

也就在这天下午，学校里又白日遭贼了！

一个打篮球的三年级同学向班主任汇报："我刚才上体育课时，衣服钱包放在寝室里，房门和窗子关得好好的，门也锁上了，我打完球回来，衣服就不见了，还有刚刚买的一双新皮鞋!”

保卫处的人仔细检查了房间，没有发现任何异常，光天化日之下，竟然行窃，是可忍孰不可忍！学校领导显然动怒了，当晚就有派出所民警来拍照搜查，并逐个房间询问，竟然无果而终。

这真是个高手，是个神偷！学校里仿佛藏着一群手段高明的窃贼。从此，无人不小心谨慎。但是，无论你怎么小心，还是不断有盗窃的报告传来：三年级同学的教室，在一个晚上，所有的复习资料全部被洗劫一空，某某寝室同学的新衣服在未晾干的情况下莫名其妙地失踪，女生宿舍的尼龙袜子全部被盗，很多同学的饭票都不翼而飞了，老师的宿舍也有手表之类的贵重物品被盗，甚至厨房的仓库里面粉和做好的馒头也少了很多……这个神偷，显然在与公安局较劲，他在疯狂作案，可能还存在一个团伙。一时间弄得人心惶惶。这样一来，石老师也就不再审问我们了，因为他相信一定与这个神偷有关。石老师最后一次来房间检查时，终于发现了另一种可能性：窗户的摇头扳平的时候，是可以钻进一个人来的，然后就让个子最小的我试验了一遍，果然可以钻进来，虽然我可以钻进来，但不可能是我作案的，因为我根本无须这样，叶树明的床铺就在我的下面。

“多行不义必自毙。”终于有一天真相大白了。也是合该那神偷倒霉，那天晚上下完自习了，我们都回寝室睡觉，忽然三年级的教室里传来了哭声，里面竟然锁住了一个人！原来班长要回教室拿一本书，他刚刚锁好的门，忽然开了，他很奇怪，就前往查看，然后再将门锁好。等他转身走了五十米左右，教室里却传来了哭声。他再往查看，原来，里面锁住了一个身材非常矮小的二年级学生。班长厉声喝道：“你是谁？为什么到我们教室里来？”锁住的人被抓到了保卫处，原来他就是那位神偷，这天晚上他行窃时忘记了关好门，不幸被班长发现了，门被再次锁上，所有的窗户摇头已经钉死，他这回是插翅难逃了。那么他是怎么进入已经锁好的教室的呢？原来，他买了很多旧锁，趁人不注意时，将自己买的锁先锁在门上，这样教室的锁就只能锁在他预先锁进的锁上，这就是所谓的“连环锁”，他打开自己的锁，门就开了，作完案又锁上，你就不容易发现了。保卫处的人检查他的床铺，发现被褥下面有一大堆钱包、链子锁和各种各样的钥匙，钥匙上面贴了胶布，标明教室和寝室的门牌号。原来那些寝室和教室他是随时都可以轻松自如地进入的。

让保卫处校警惊讶的是，除了他们201班的所有寝室和教室之外，他计划偷遍所有的房间和教室。“你偷饭票和钱可以理解，你偷那么多衣服、尼龙袜、水笔、书籍资料干什么?”校警问。

他回答：“拿到乡下去贱卖，书籍和笔，可以拿到原来读书的学校去卖钱。”

“你是怎样偷窃叶树明的钱和饭票的?”

“我趁夜深他们全寝室的人都睡觉了，就从窗户摇头爬进去，从他的帐子里取出衣服，拿出钱和饭票，然后再挂回原处，再从摇头爬出去，将摇头扳回原样。”他一边演示，一边说。

啊，原来这样！真相终于大白，我们个个义愤填膺！

经过统计，这家伙总共偷窃了近一千种书和财物等，所有的东西都是他近半年所偷，他研究偷窃有半年之久，这么聪敏的头脑竟用在歪门邪道上，令人感叹愤恨，更让人触目惊心！

后来，学校给了他记大过并留校察看的处分，我们远远看着他都会指指戳戳说“那是神偷某某某”。

毕业后，我再也没有见过他。

后记：

石凡先生是我们师范时代二年级的音乐老师兼班主任，当时已经满头白发，永远修剪得只有一寸来长，给人刚硬耿介的印象，他走起路来像一阵风，仿佛急着干什么大事。平日里总喜欢到班上转转，对我们管理很严，尤其晚上不准我们出门。他曾经是县文工团的琴师，擅长短笛和脚踏风琴。他每周的两节音乐课是我们最享受的快乐时光，记得当年流行的歌曲总是他最早教我们演唱。像《驼铃》《希望的田野》《青年突击队歌》《祝酒歌》《北国之春》等，至今我们还会演唱。他实际上是我们的音乐启蒙老师，是他严格训练我们的视唱练耳，是他教我们识简谱。遗憾的是我们没有从他那里学会五线谱，也没有练习过钢琴曲。但是，我们对石凡老师还是永远尊敬。先生好酒，每天必喝二两散装白酒，他有一个仅装二两酒的小瓶子，我们班上的同学轮流到街上小店里给他打酒，每次三毛六分钱，但从未让学生出过钱，他每月发工资第一件事就是换零钱。小酒与风琴是他晚年的寄托。先生作古已经多年，特写小诗一首以致追念，且示同学。诗曰："白发石先生，耿介性情真。小酒二两白，音乐百年心。人生苦与乐，倾诉托风琴。当时歌曲韵，至今绕耳鸣。"

2012年12月

请你去帮我拿一下粉笔

序

老师有时候很偏心，想出很多绝招，但这对学生的伤害却非常大。我的三十年教学生涯中肯定有很多伤害学生的地方，谨以此文对那些曾经被我无意间伤害的学生表示深深歉意。以上算作序。

让时间退回到三十年前。这是印在我内心深感伤痛的一件小事。

我读师范的第二学期开学了。那是我最苦的一个开学，因为家里实在没有钱，我只好在正月初八那天步行去二十多里外的二郎镇搭车到县城上学，当时下了大雪，所有的山都覆盖着厚厚的白雪，刺得人晃眼，那些树木竹子一律低垂着头，仿佛喘不过气来，天空灰白阴暗，好像随时还要下雪的样子。我只有母亲给我的两元钱，必须交的八元钱学费父亲都拿不出来，所以，我走的时候，他干脆也不起床送送我，我想他一定是相当内疚，怎么一过了年每每总是身无分文，连孩子的学费都交不起呢？而弟弟妹妹们的新学期学费那是必定要拖欠到该年的除夕之前，这已经成为很多家庭的惯例。如果学校催缴学费力度过大，那么这些家庭肯定会选择退学。在那样的年月，读书并不是最要紧的事情，活着才是最重要的。至于念书有没有出息，那太遥远，许多家长没有长远的眼光。而我已经考上了师范学校，转了户口，一毕业就能够去上班拿工资了，交的学杂费也不算多，每学期八元钱。应该说，不应该拖欠这学杂费的，但是那一年确实遇到了困难，家里真正拿不出钱，我只能很委屈又无奈地去上学。父亲叫我向老师报告家里的窘况，赊欠一下，一个月后他一定亲自去学校交钱。我怎么向班主任开口呢？

不敢开口，是因为我很害怕班主任贺松儒先生。贺老师在“文革”中遭受过批斗，老婆和孩子都离开了他，仅剩孤身一人，我记得当时他房间里住着一个十七八岁的女孩，开始以为是他的女儿，他们相貌相差很大，原来是他的侄女，料理贺老师的日常生活，据说是贺老师答应退休之后让她接替（即国家在贺老师退休后，将他侄女解决户口农转非并安排工作，当年这是很大的事情）。贺老师的住房在我们宿舍对面，我们常常看到他晚上很晚还亮着灯，有时候是备课，有时候则是由于失眠的困扰。加上他有严重的哮喘病，发作的时候非常痛苦，往往咳嗽得天崩地裂，几乎所有的宿舍都能听到他在咳嗽，等到终于将那口恶痰吐出来了，才能安静一会儿。过不了一会，又是新一轮天翻地覆的咳嗽。他咳嗽的时候我们的心也纠在一起很难受，我想他侄女肯定也很难过。我们谁都同情贺老师，但没法减轻他的痛苦。

贺老师高度近视，眼镜片像瓶底那样厚，他总是从眼镜的横框边上看你，很是让你惊悚。他的嘴唇很厚，方形的脸，很黑，如果他不笑，你是非常怕他的，好在你认真读书的时候，他会侧着头对你微笑，让你觉得他很和蔼可亲。贺老师非常喜欢王、朱、姚等同学。王同学不仅长得漂亮乖巧，而且发音准确，是校广播站播音员，朗诵唐诗非常优美，作文水平也高，语文成绩名列前茅，当然成为贺老师最喜欢的学生；那朱同学主要是乖巧加上活泼，字迹清秀屡次受到贺老师表扬；姚同学则不仅学习好还对贺老师很尊敬，正月还到老师那里去拜年什么的，贺老师当然也很喜欢他。我是最不受贺老师看好的学生，主要是我对数理化感兴趣，非常讨厌枯燥的语文课。尤其害怕贺老师那样分段、概括中心思想的一套模式。像他讲王愿坚的《党员登记表》这篇小说时，竟然分了四十多段，那段意我至今也弄不明白。一篇小说分析人物形象和故事情节之后，不就自然弄清主题思想了吗？他讲古典诗词据说是有相当水平的，因为他也搞一些古诗词创作，还创作了长篇古典小说《周穆王演义》。但我对他讲古诗词，唯一的印象是看谁最先背出来。我唯一受表扬的是他讲苏轼《念奴娇·赤壁怀古》，当他逐词逐句讲完原词之后，突然问："有谁能够背下来吗？"我举起了手。我一口气背出了这篇名作，全班同学无不惊叹，贺老师侧着头微笑说："很好。不错。请坐下。"我的记忆力确实比较好，后来一个星期背完了《唐诗一百首》，接着还背了《汉语成语词典》三千条。

这次表扬之后，我就遭到贺老师严厉的批评，原因是我的作文太差，而且态度极其恶劣。那是一篇名叫《我最尊敬的人》的作文。我还是照搬模式，说我最尊敬的人冒着严寒跳进钓鱼台水库去救人，最后救起了落水者而自己则不幸牺牲了。不幸的是贺老师先找到胡昌延和祝世荣两同学调查，掌握了确凿证据后再找我。开始我还狡辩，当他拿出胡昌延和祝世荣的证词之后，我才低下了头。贺老师拍桌子厉声说："我生平最讨厌撒谎的人！不诚实这还了得！"然后，他翻开我的作文说："你看看你，写的什么东西？除了撒谎不诚实不说，你看你的错别字，多达22个！"他把作文本甩给我愤怒地说："重写一篇！滚出去！"我低头红着脸，万分羞愧地离开了贺老师的房间（这是我唯一一次进他的房间）。我感到了空前的羞辱，他竟然给了我-50分，还有计算过程。得分60，减去22个错别字110分，得分负50！评语里还要求每个错别字抄写50个。我花了一个星期的时间再写了一篇作文《一支珍贵的钢笔》，又是虚构的，但贺老师没有也没法再去调查，因为那支钢笔是我家里的东西，还是一个老红军送给我爷爷的，最后我又让那支钢笔丢了，所以不需要拿钢笔来印证作文的真实性，贺老师给了我80分，主要原因是誊写工整，没有错别字，评语里还有"结构合理"的赞扬。尽管如此，我还是没有学习语文的兴趣，主要是害怕他才认真学习语文。

第一学期终于结束了，我的语文考了75分，很低。所以我的总分刚好排全班第八名。开学第一天，我不仅没有向贺老师报告家里没有钱交学费的事，还没有去报到。上第一节课时心里很慌张，谁知这一节不上课，是评上学期没有评的“三好学生”。黑板上出现了九个名字，我排在第八名，我后面就是贺老师很喜欢的姚同学。三好生名额恰好是八个。如果我是第九名，估计就很容易评定了。该死的我是第八名，贺老师并不希望我或者说在他心目中我根本就不配当三好生。所以要实行差额选举。大概是不想让我难堪，这时贺老师对我说：“你去办公室拿一下粉笔。”我以为老师信任我，就跑得飞快，但是当我拿回粉笔之后，黑板上只剩下八个名字了，姚同学排在第八，我的名字擦掉了。我心里很难过，倒不是因为没评上三好，而是因为老师竟然这样愚弄我，他太不公平了！我由此很看不起他，他在“文革”期间受了那么多的委屈，却又这样制造新的委屈。

幸好，二年级时贺老师退休了，语文老师换成了刘仲鲁先生，这是一个文学修养很好的先生，他自己还创作小说，分析小说人物形象非常精彩，也没有烦琐的分段、概括中心思想的僵化模式。我的语文成绩突飞猛进，我就是在他的影响下背完成语词典的，我的作文常常得高分，最后我弃理学文，可能因为他的缘故。毕业时我的语文竟然破天荒考了95分。

贺老师退休后，虽然也经常能看到他，听到他惊天动地的咳嗽声，但我再也没有跟他有过任何交往，一直到他去世。

去年，是毕业三十年同学聚会，看到吴学刚先生、高岩先生、胡金留先生、余世忠先生、胡洛熙先生、胡刘东先生时，我还是感到了人世的沧桑巨变，因而十分怀念已去世的石凡先生、贺松儒先生。晚上我写了一首小诗怀念贺老师。《怀念贺松儒先生》：

温厉儒雅人，松筠节骨贞。遭逢“文革”难，仅剩一身存。严冬常气喘，酷暑盗汗侵。服侍唯侄女，关怀待远亲。病重犹上课，闲暇书画频。著作穆王义，八骏托精神。长天浩气满，追怀入幽冥。

谨以此诗略表惦念。愿他在天国好好安息，我想告诉他我不再在心里计较那件事了。

2015年6月

罗汉尖的故事

一、罗汉双峰

我的故乡有两座高山，一座名罗汉尖，另一座叫罗汉宕，耸立于宿松西北边界，形成罗汉双峰并峙争雄的奇观。

罗汉尖高1010米，山顶有一个篮球场那么大的平地，上面建有给飞机导航的三脚铁架（俗称“三脚猫”）；罗汉宕高1008米，山顶是一片凌乱堆积的巨石，其中最险峻的一块像有人轻轻放置在数十丈高的悬崖边缘，如巨喙翘起凌空欲飞的神鸟（俗称“神仙掇石”）。

远看那罗汉尖，犹如一尊弥勒佛，挺着一个巨大的福肚，主峰浑圆似和尚的光头，向东南倾斜依次是二尖、三尖和四尖，一线相连，镶嵌在蓝天与大地之间，山顶修建了两丈多宽的防火道，隔开湖北蕲春县与安徽宿松县管辖的区域，由于罗汉尖朝向宿松的一面最早迎接朝阳的朗照，而朝向蕲春的一面则承受夕阳余晖的爱抚，因此形成“阴阳众壑殊”的地理景观，山南多高大雄伟的罗汉松和修长挺拔的红皮杉，那松针刚劲墨绿，不时激起雄浑浩荡的阵阵松涛；那杉叶细长纷披，形成宝塔的形状，蓊郁蔽日，亦巍峨壮观。而山北则多杂树，如槠树、檀树和麻栗树，也是漫山遍野，很难见到裸露的岩石和泥土。罗汉尖山脉海拔七百米之上的区域都是原始森林，基本上无人居住，因此那肥沃的黑土地上到处都丛生着灌木、楂茅、蕨基和缩茅、巴茅之类，尤其那阔叶带锯齿的巴茅，青葱茂密，茎干粗壮高达丈余，是农家最喜欢用来搭草棚的材料，也是生火做饭的常用柴草。

再来说说罗汉宕。远看犹如微波起伏的边际线上凸起的一个“入”字形状的回头鸟喙，那尖嘴正朝向罗汉尖的光头。如果说罗汉尖是一个粗犷伟岸的大丈夫，那么罗汉宕就是一位温柔旖旎的美妇人。“神仙掇石”下面是乌云墨黑的号称百亩的一片原始竹林，林间白天犹如夜晚般阴暗，如果遇到下雨时候，天上有密布的乌云，则竹林间需要点亮马灯或打开手电筒才能行走。由于数万只乌鸦选择了这片竹林筑巢栖息，因此一到傍晚时分，夕阳西下，晚霞满天，你就能够见到万点归鸦，凌空飞翔，哇哇乱叫，气势恢宏地归聚到罗汉宕，真可谓“暮鼓晨钟唤落霞，神鸦万点绕山巅”。年长日久，你看那竹林里的泥土上堆积了厚厚一层鸟粪，这些天然的肥料使竹林获得丰富的养分，因此长得枝繁叶茂，由于竹叶太密遮住了阳光，导致竹林间寸草不生，呈现出落叶埋鸟粪的奇观。这百亩竹林之外则是红杉林，树林间到处可以找到杜鹃花、兰花和野茶，因此春天上山采兰和采茶者络绎不绝，当然也有相信“神仙掇石”已经通神的信徒们，到怪石林立的石洞前虔诚地跪拜祈福，因此罗汉宕山顶实际上变成了一座野庙，与竹林下边的一座真山庙形成呼应，使罗汉宕充满浓厚的仙道气息。

关于这两座神奇的山峰，我曾听到这样的传说：相传在很古很古的时候，地上只有罗汉尖和罗汉宕两座独立的山峰，山底各住着一条已经成仙的大蛇。有一天，两座山峰相互比势，犹如两条突然邂逅的蛇，彼此不服输，纷纷高昂起蛇头企图压倒对方那样。在山底大蛇的催逼下，两座山峰拼命向蓝天生长，也许那罗汉宕的大蛇当时力量强些，故罗汉宕始终高出一头。当然罗汉尖的大蛇也不服输，在罗汉宕孤峰独秀、一气冲天地拼命蹿入云霄的时候，罗汉尖的大蛇则采取智慧型堆积木的办法，先稳住基座，堆成品字形，然后再增高主峰。罗汉宕如一柱擎天，上半身已经白云缭绕了，而罗汉尖似乎并不着急，依然不紧不慢地上升，却不断听到罗汉宕肆无忌惮的嘲笑。当罗汉宕的大蛇用尽所有的魔力后，那罗汉宕远远高出罗汉尖，并开始庆祝胜利了，谁知罗汉尖的大蛇突然凌空飞舞，出其不意地环绕着孤峰矗立的罗汉宕，抱住山腰拼命摇晃，由于没有稳固基座的支撑，罗汉宕禁不住猛烈的摇撼，最终轰然倒塌，形成山顶怪石堆积的奇观，这显然是突然断裂造成的。罗汉宕下的大蛇义愤填膺，不甘心失败，也采取的同样的手段进行报复，但无论她怎样摇晃罗汉尖，都不能撼动他坚固的座基，于是只得认输。这就是罗汉尖与罗汉宕独特地貌的成因，也是罗汉宕的巨喙朝向罗汉尖，做出回头啄咬架势的缘由。

传说只能是传说，不能当作真实。但传说中也有若干合理因素，因为那罗汉宕是拦腰断裂所致，所以几乎只有一条狭隘的山涧，仅发育出一条九曲十八弯的朱湾河。而罗汉尖根基深厚，褶皱众多，竟孕育出北浴河、廖河、丘山河三条流量较大的河流，其中丘山河穿过柳树坪、大地埂流向二郎镇，直奔县城汇入了龙湖，而北浴河、廖河与朱湾河汇聚融入钓鱼台水库。松针竹叶上的雨珠清露、枯枝断叶上的霜花残雪和岩石罅隙中渗出的涓涓泉流，不断汇聚，加上梅雨季节的山洪瀑布，终于形成了钓鱼台“高峡出平湖”的壮观景象，被誉为宿松的“瓦尔登湖”。

我先是在罗汉尖脚下的廖河初中读书，师范毕业分配到罗汉宕脚下的朱湾辅小，后来调到钓鱼台初中任教。对罗汉双峰的四季景色是相当熟悉，曾在一些散文中略有叙述。今日得宽余，猛然间，又回忆起与罗汉尖有关的一些故事。

二、搭地震棚

故事发生在1976年夏秋之间。

我是这年春天进入廖河初中的，当时盛传即将爆发大地震，报纸上登载了很多奇怪的新闻，诸如某地的青蛙成群结队到马路上游行，某处的池塘一夜之间所有的鱼儿全死翘翘地漂浮在水面上，某地的公鸡不打鸣而母鸡却深夜尖叫，某处的牲畜不安心在猪栏牛栏里睡觉，却烦躁不安地崩断羁绊它们的绳索，冲到野外的山冈高地上……不一而足，虽然我没有亲见，但大家口耳相传，无形之间一种空前的无端的恐怖像暴雨前的黑云那样，压在人们心头，令人窒息。尤其遇到狂风呼啸、暴雨倾盆的夜晚，雷电交加，天昏地暗，常常给人天崩地裂、屋动山摇般的末日来临之感。

人们在恐怖的疑云中依旧日出而作、日入而息。但是，不久从上级的上级那里下达的命令，使传闻变成了现实的威胁，这就是家家户户必须预先准备在空旷安全的地方搭建防震的草棚，一遇刮风下雨，提前住进草棚。因为小山村原始的那种土砖瓦房只要遇到五级地震就会轰然倒塌。那我们这些在校住宿的学生怎么办呢？根据上级指示，也必须在操场上搭建抗震棚，一百多个男女学生，要分区划片地住进草棚。搭建草棚就需要茅草盖顶，因此学校给每位学生下达指标：砍来两担巴茅。这巴茅不知道可是先秦时代用来缩酒的“苞茅”，主要生长在江南地区，茎干成圆管形状，可以长到一丈多高，像芦苇一样每节都有对称的叶片，叶子比芦苇叶宽阔而修长，叶边有锯齿，锋利无比，春夏间青葱翠碧，盛开洁白的芒子花，像高高扬起的扫帚，迎风摇曳，漫山遍野像覆盖着一层白雪，一到秋天遭遇霜风拂拭，叶片立刻变得一片金黄，而茎干则变成青苍色，“蒹葭苍苍，白露为霜”大概就是这种意境。

三年级的力气大的男同学，除了斫巴茅，还要跟老师配合，砍树扛竹，在操场上挖坑竖起木桩，用竹子搭起人字形棚顶，剖开竹片用来夹住巴茅，做成六尺长三尺宽的巴茅板，然后用草绳或铁丝绑紧一层层压在人字架上，就成为据说可以抵抗七级地震的草棚啦！

到哪里去砍巴茅呢？沿着廖河逆流而上，来到了罗汉尖脚下的古井冲、甘河冲，在河岸的石缝里，或河边的山脚下，就可以找到成片成片的巴茅。如果不怕走远路，你直接攀上罗汉尖的福肚，或者越过象鼻弯，到何家小岗里，或者四极、高岭等地，还可以找到高达一丈的巨型巴茅。

我们自觉组成互助组，男女搭配，力气大的和身体单薄的相互帮助，同学们热情高涨，你追我赶，生怕落在人后。我与金兰姐、表侄新民和金海大哥一组，没有去人声鼎沸的罗汉福肚处，而是到新民家的四极去砍巴茅，果真如他所说，那里的巴茅茂密成片，不半天工夫我就砍倒了四捆，这巴茅太长，不能用葱口（一种用竹杪制成的挑柴工具，将竹杪两端削成尖尖的斜口状，在细的一端留下一节很短的竹枝，两端插进柴草里，就能挑起柴草）来挑，因此我们只能一捆一捆拖回来，金海大哥力气大，又是学校有名的入团积极分子，金兰姐是砍柴能手，又聪慧漂亮，她与金海哥及新民帮我一起拖，经过数次往返，我们终于满头大汗地将四大捆巴茅拖到了学校的大操场上。虽然劳累，我的脸上还带着巴茅割出的血痕，但是大家依然很快乐，尤其同学之间那种无私的帮助，我至今难以忘怀。

仅仅一周时间，六个大小不一的草棚就赫然占满了沿河的大操场，气势十分壮观。男老师、女老师各一个，男同学、女同学各两个，男老师、男同学的草棚朝外，沿着大操场的“匹”字框外围分布，将女老师、女同学的草棚围在中间，形成对女同胞的保护之势。从此草棚里常常传出欢声笑语，我们从家里扛来竹床，铺上稻草，将筷子、洗脸盆及蒸饭的三用碗放在床头的砖块或搁板的木箱子上，梁柱之间拉上绳索，挂着洗脸洗脚的毛巾和换洗衣服，在地震棚里开始了新的生活。这草棚怕火，因此晚上除了马灯或有罩的灯，不能带入草棚。如果是晴天，我们依然住进宿舍，只有下暴雨时临时住进草棚。躺在草棚里，听着廖河的清波潺潺细语，伴着天上闪烁的繁星，我们酣然入睡了。

那位年仅二十岁教英语的美女乔岚老师是我当时心中的女神，她圆圆的脸蛋泛着迷人的红晕，热情开朗，活泼可爱，她出现的地方都有欢歌笑语。她是校宣传队的副队长，经常排演文艺节目，此时正与她那教数学的高扬老师谈着恋爱，时常可以看到傍晚时分双双出入草棚，那美丽飘逸的披肩秀发和清脆甜美的笑声，与英俊潇洒的高扬老师的背影和他迁就女友时假装的带磁性的求饶的呼救声，成为草棚里最吸引人的亮点，也是冲淡恐怖气氛的调节剂。洪校长的稳重宽容，乔岚老师演唱的圆润歌声，教历史的陈老师讲述的苍凉故事，教政治的廖老师念的报纸新闻，及同学们聚在一起打扑克，输者“贴胡须”或翻筋斗的欢乐，等等，都留给我很深的印象。你不能不说，这也是一种新奇的生活啊！

三、勤工俭学

廖河初中，原是一所小学，后改成初中，学校房舍也成“匹”字形分布，两头是两层的三开间的青砖楼，二楼木板的通楼都是男生宿舍，东头的一楼住着校长和几位老师及二十多个女生，离著名的“廖河古戏台”只有百米之遥；中间是一排十二开间的单层人字顶土砖泥瓦房，四间教室的十二面窗户朝向大操场，颇为壮观；西边一楼都是男生宿舍，中间夹着三个班主任的房间，隔壁是一个巨大的造纸槽屋，从槽屋再向西走大约三百米就到了“廖河门市部”，是当年红极一时的日用百货及副食品购物中心。

学校坐落在廖河中游的开阔地带，背靠夹石岩脚下元家坂的一片农田，面向廖河，沿河是一条不到两米宽的巨石铺盖的小路，也是河的堤坝，两株巨大的女贞和一排苍老遒劲的乌柏树扎根于堤坝的石缝中，像一排形状奇怪的哨兵，女贞树下有石级台阶，我们都从此处下到河里浣洗衣物或汲水或游泳，横绝数尺深的清澈见底的水面，有一排重达千斤的圆溜溜的巨石，露出水面，形成一座简易的“石桥”，沟通两岸居民。石缝里是美丽的石斑鱼的巢穴，它们在静水中游弋，从激流中穿梭，似乎与我们游戏相乐。每当春夏之交，女贞开满粟米一样的花朵，沉甸甸的低垂着，散发出浓郁的冲鼻子的难闻香味，引来一大群黑花黄须的彩蝶在花丛中飞舞，煞是好看；一到秋高气爽、霜花凛冽的季节，乌柏树木叶金红，枝头举着一串串白玉般的果实，又是一番美丽的景象。

当时的廖河初中，经济相当拮据，每个学生每学期仅仅交两元钱学费，还有一些家庭贫困者交不起，上级主管部门划拨给学校的经费很有限，因此鼓励学生们因地制宜地“勤工俭学”。正好当时盛传有大地震，学生们也愿意大部分时间在户外活动，加上那时还是“四人帮”最猖獗的黑暗时期，学校除了进行令人厌倦的“批林批孔”“批判唯生产力论”“反击右倾翻案风”等政治运动，就是到农田基本建设工地去喊口号，宣传革命道理。实际上我们不怎么读书，也无书可读，我们的学业竟荒芜到这样的地步：初二学生认为“-a”一定是负数，也不知“l”是用来表示长度的字母，更不知道电阻用什么符号表示！

洪校长从公社开完会回来，就召集全体老师开会，讨论“勤工俭学”的问题。最后一致同意上罗汉尖林场“斫林”（即将罗汉尖原始森林中有碍罗汉松和红皮杉生长的楂茅、野橡栗、刺藤等列生不成材的灌木及巴茅、蕨基等柴草砍倒，也叫“净林”），每亩三元钱，学校一下子承包了一百亩林场的“净林”任务。砍倒的柴草也不浪费，又在罗汉尖脚下甘河冲的石灰窑承接了两个窑的石灰，烧石灰需要数万斤柴草，而斫林正好满足这一需求。这样，相当于每个同学要斫林一亩，砍下近千斤柴草用来烧石灰，我记得每个人还要挑回八十斤左右烧好的生石灰。

任务一宣布，全校沸腾，群情激昂，乔岚老师的宣传和高杨老师的带队，更是让同学们一片欢呼。于是纷纷回家带来蔸口、柴刀、刀夹等用具，穿着劳动布做的耐磨衣服及防滑的解放鞋，我们按照班级小组被分配到不同老师率领的小分队中，我们小队恰好由高扬老师任队长、乔岚老师任副队长。一百多号男女同学，都用柴刀敲蔸口打节奏，唱着革命歌曲，浩浩荡荡地开进了巍峨雄峻的罗汉尖原始森林。

罗汉尖林场离学校有十多里路程，中午必须在山上吃一顿饭，因此天蒙蒙亮就必须起床，学校用饭甑子蒸饭，早上必须同时准备好中餐，还需要将晚上的米淘好，这样每个人至少要两个三用碗或饭盒。乔岚老师是很漂亮的塑料饭盒加上一个紫红色的水壶，挂在高杨老师的军用茶壶旁边，她带着宽边的雪白的太阳帽，乌亮的披肩发像瀑布一样流淌下来，帽带紧紧系住她圆圆的脸，颈上系一条粉红纱巾，上身是雪白的紧口衬衫，下身是绵绸黑筒裤，脚上白球鞋，一副热情奔放、神气活泼的样子；高扬老师是革命军人的后代，穿着一身草绿色的军装，系上牛皮腰带，还有一根稍窄的牛皮裤带，脚穿军用球鞋，头戴草帽，颈上挂着一条雪白的毛巾，呈现出精神抖擞、英武逼人的军人气概，他们一位是我们心中的最美女神，一位是我们崇拜的偶像。

这罗汉尖远看只不过一个圆圆的小山峦，但来到罗汉凸起的大福肚上的森林，才觉得他的胸襟气度多么宏大啊！一百多号人走在路上还算威武雄壮，但散在树木阴森、柴草茂密的林间，顿时就像撒了一把沙子到大海中一样，同学们似乎都不见了踪影，尽管不时传来男男女女的说笑声和砍柴斫草的声音，令人想起王维的诗句“空山不见人，但闻人语响”。

我依然跟金兰姐、金海哥和新民侄一起，工作地点恰好就在罗汉肚脐眼下方的一片茂密的柴林中。新民用长柄砍刀猛斫高达丈余的巴茅，金兰姐则负责清光贴地的楂茅和蕨基，一排排放得整整齐齐，金海哥专门对付那些肆意横生的灌木丛，我负责爬上二十多米高、茎干二尺多围的大松树，坐在较粗的树杈里，砍下太浓密的树枝，据说松枝是烧石灰最好的燃料，但一般人恐高，而我身轻如燕，刀法纯熟，不一会儿就将丈余长的松树枝砍得噼里啪啦纷纷坠落，仿佛让松树们脱掉了重裘，它们轻松而得意地摇晃着。这时浩荡的山风吹过松林，我在树冠中感觉到松涛似乎是铺天盖地而来，一时间我犹如沉浸在无边无际的大海中。透过树枝的缝隙，我一眼就看见乔岚老师正坐在一个巨大的苍黑色岩石上，一边唱着《大海航行靠舵手》《英雄赞歌》等革命歌曲，一边用紫色水壶喝水，山风撩起她粉红色的纱巾，她那圆圆的脸庞，映衬着瓦蓝瓦蓝的天空，犹如从天上下凡的仙女，她的旁边坐着高扬老师，两张脸靠得很近，那简直就是神雕侠侣般的动人画面，雄伟高峻的大山，参天入云的大树，浩荡热烈的劳动场景，见证了她们纯洁的爱情。

由于其他同学淹没在柴草中，他们见不到乔岚老师和高扬老师，只有我坐在高高的树杈里，看得一清二楚，我向他们高呼：“乔老师好——高老师好——”她看见了，指着我对男友说：“你看，振华多么像一只小鸟啊！你要注意安全呀——”“我知道啦——”我回答，得到女神的关怀，我心里感到十分温暖。

当我来到那悬崖边的一棵巨松跟前，准备攀登的时候，乔岚老师让高扬老师解下裤带，要我把裤带围在树上，保证我的安全，我用迅捷的攀爬来表达感激，也是为了表演，就轻盈地爬上树杈，用高老师的裤带将自己系牢，然后挥刀砍斫身边那碗口粗的巨大枝条，不一会儿就有啪啦啪啦的树枝断裂声传出，那松树枝忽忽悠悠带着一股扑地旋风坠落下去，乔岚老师欢呼呐喊，一时间引来很多观看的同学也齐声喝彩，我在树上的那份自豪和得意真是难以言表。

太阳已经快到达罗汉尖顶了，于是大家聚集在岩石底下用餐，然后就着山泉喝水，我记得我还将在蕨基丛中找到的野山果——如篓笃、秤砣和乌饭子——送给乔岚老师品尝，她非常高兴地摸摸我的头和汗涔涔的小脸，夸奖我灵巧能干，还特别地从紫色水壶里倒出一杯开水给我喝，我心头再次洋溢着一种幸福的暖意。

下午继续斫柴，一直到红日偏西即将坠入罗汉尖西面，高扬老师就用敞口喇叭呼喊：“收工啰——准备下山啦——”于是，同学们纷纷钻出森林，聚集在罗汉肚子的巨石前，整顿好衣服，带好饭盒柴刀之类，带着一脸的满足和一身的疲惫，兴高采烈地涌下山去，又是一路欢歌，浩浩荡荡走向学校的草棚……

罗汉尖森林里的斫柴工作，一直持续了一个多月，终于完成了任务，且不说期间这群十三到十五岁的孩子们受过多少伤，流过多少汗，也不说遭遇过多少黄蜂的袭击、毒蛇的惊恐，还有攀爬悬崖峭壁的危险，单就豁口的柴刀、弄断的刀柄和折裂的葱口就难以数清，老师们为孩子们担了多少心也难以计算。你要是能从高空俯视，则见经过烈日暴晒的柴草，红通通地整齐地排列堆积在一起，参天的罗汉松和红皮杉神清气爽地形成浩大的阵势，那真是人间奇迹，那是一百多人劳动收获的果实，齐刷刷地堆积在石灰窑边，像一座座小山，其中就有我爬树砍下的一千斤松树枝，这些干透的散发着芬芳的柴草们，在等待另一场壮烈的燃烧，烧出千家万户等着使用的生石灰啊！我们看着自己的劳动成果，都幸福地笑了。

四、宰猪庆祝

烧石灰就是把石灰岩爆破后碎裂的晶白晃眼的石块，一层层堆垒在石灰窑里，中间留下空隙，顶上留着通风口，然后把干柴送进窑里焚烧，要日夜不停焚烧一周之上，当炉温达到几千度，然后闭窑冷却一周，窑里的石灰石就发生了奇妙的化学反应，放出二氧化碳，剩下的就是生石灰了。这生石灰（叫管灰）见水就化，呼啦啦分解，并放出热量，形成烧碱氢氧化钙，这种石灰水既是刷墙的涂料，又是制造裱纸必需的腐蚀剂，烂麻时家家都要使用。

大概是十一月，终于到了出窑的时间，我们再次浩浩荡荡去甘河冲将烧制好的生石灰挑回学校，堆积在一间空余的教室里，所有窗户封闭，地上还垫了一层薄膜和竹片防水。那刚出炉的生石灰，比烧制前轻了许多，因此大家都在往箩筐或畚箕里拼命多装几块，以体现革命激情和无私奉献的共产主义精神。但是，路遥知马力，毕竟离学校有十多里路程，因此沿路都可以看到走走停停的同学，我很不幸右脚的大拇指被凸起的石块撞破了，鲜血直流，难以前行。看着一个个同学肩上的扁担上下跃动，发出欢快的笑声，我感到非常难过，于是咬紧牙关继续前进。正好金海大哥挑着两大筐生石灰从我面前经过，我喊了他一声，他赶紧停下来，问明情况后，他让我在原地等待，待他把生石灰挑到学校后，再回来接我。后来乔岚老师得知我的脚趾破了，还安慰我说："你怎么这么不小心呢？"但当她看到了我穿的鞋子时，她震惊了：原来我穿的布鞋早已破了，脚趾头露在外面，脚后跟也在外面，相当于一个布拖鞋，在霜花凛冽的时节，确实不容易呀！她把她的旧球鞋找出来让我穿上，当时那种温馨难以言表。

这生石灰在寒冬腊月需要量大，人们都知道廖河初中烧出了上等的生石灰，于是一万多斤生石灰在一个月之间就以每斤九分的价格卖出去了，剩余的一些扬化的石灰粉末正好用来将学校所有的房间粉刷一新。所得净收入九百多元，加上先前斫林的报酬三百多元，这一年我们全校共创收一千二百多元！这在一个工分只值二毛钱、猪肉价格仅七毛三分的年月，是一笔不菲的巨款啊！雄辩地证明了“人多力量大”“众人拾柴火焰高”的真理性！

无论从哪个角度看，这都是值得全校庆祝的勤工俭学的重大成果，于是学校决定召开庆祝大会。恰在此时，唐山大地震爆发了，虽然遥远的唐山遭遇了人类历史上最惨烈的自然悲剧，丧失了二十多万鲜活的生命，但我们这里却安然无恙，甚至连轻微的感觉都没有，同时也警示我们，先前我们搭建的所谓能抵抗七级地震的草棚，简直就是自我安慰的神话，如果真有那样的大地震，我们这样的小山村一定会夷为平地，所以那些我们燕子衔泥一般辛辛苦苦搭建的草棚，几天之内就被拆除了，巴茅堆积在校舍后面形成一个小山丘，将作为烧饭的柴火。

还有更令人兴奋的消息传来：万恶的“四人帮”被粉碎了！尽管形势还比较严峻，但官方报纸上登载的确切消息还是让我们兴奋不已。洪校长立即召开全校师生大会，带领我们喊口号：“打倒万恶的‘四人帮’！”并宣布：“为了庆祝粉碎‘四人帮’，总结勤工俭学的成功经验，发扬伟大的无产阶级革命精神，学校决定宰猪庆祝！”

很快就买来一头三百八十斤的大肥猪，就在学校里屠宰，那是一顿真正的红烧肉啊！每八个人一组，用脸盆盛满油晃晃、肥嘟嘟的放了香菇和大蒜的红烧肉，那香气是多么诱人并让你终生回味啊！

那头猪花掉了二百多元钱，相当于全校一学期学费的总和，算是我们初中时代一次性最大的消费。

2017年2月7日芜湖花津河畔

三游罗汉宕

春醉别河百草香，先锋翠树浪涛长。
九山更在先锋上，罗仙云雾好风光。

一

这是我在朱湾小学工作时熟悉的一首歌唱故乡的小诗，原文可能有一些不同，今按照格律要求，略作调整。诗中有几个地名，当地人非常熟悉，其中的“别河”是朱湾河的一部分，蜿蜒穿行于崇山峻岭之间，是深涧中平缓弯曲的一段，特别是陡峭的两岸耸立着悬崖，给人震撼的惊喜，这悬崖周身都披着绿绸似的茂密柴草，柴草中点缀着枝干遒劲、翠叶摇风的苍松和青皮嶙峋、伟岸舒展的枫树，尤其生长于峡谷豁口的那颗巨松，很远就能望见他雄浑的倩影，粗壮笔直的躯干，浓绿纷披的松针，让人想起左思“郁郁涧底松”的诗句；转过山嘴，扑入眼帘的是藏在山坳里的一个美丽村落，黑瓦白墙，参差错落，门窗精致考究，古色古香，整个小村给人娴静优雅的感觉；湾环曲折的小溪，静静地流过村庄，清澈见底的河水中，白净明晰的沙石间生长着碧柔碧柔的水草，像生长了数千年的仙女的绿色长发，飘逸秀雅，婆娑轻舞，美丽的小鱼小虾们在绿发中穿行、游泳，村姑们在河边的砧石上用棒槌敲打并清洗着衣服，笑声与水声相映成趣；小溪两岸巨树参天，绿竹环绕，不时从农家的屋顶升起袅袅的炊烟，在淡蓝色轻岚的映衬下直上碧霄，老人们抱着孙子孙女坐在木椅或条凳上，看着漫山的绿色，听着小溪的甜歌，闲适温馨，给人“山静似太古”的感觉；几枚巨石横穿小溪，露出的石面形成一条水石相间的“桥梁”，两石之间，碧水倾泻而下，形成游鱼们上下穿行的通道，在河面宽阔处有一座不知建造于何时的石拱桥，桥石上苔藓苍翠斑驳，脚步磨光了石头的棱角，述说着一段遥远的沧桑。这个“柳暗花明”的小村就是别河。春到别河，树丛中、竹林里、小村旁、河湾处、水石间，都密密簇生着绿草，草丛间点缀着五彩缤纷的野花，真是一个美丽的世外桃源。

穿过小村有两条岔路：一条沿村子北边的陡坡斜斜地伸进一个更深的幽谷，然后绕出来直上阳光明媚的一片高山平地——阳平；一条从小村南边的山梁上，穿过一片茂盛的松树林，盘旋十八道山路，在千顷松涛的悦耳乐曲中，来到一个面朝东方、花香四溢的小村落——先锋，这里山上都是清一色的松树，松间沙路净无泥，遍地野草，绿荫匝地，是养牛的理想场所，因此幽谷泉边，大树荫处，随处可见牛栏和草棚，牛们或卧或立，或行或奔，牧童的鞭声与牛铃的叮当，给人回到古代的田园诗中的感觉。这里人家喜欢种植桂树和红枫，每到金秋季节，桂子飘香百里醉，枫叶殷红满山冈。如果说别河像柔静的美女，那么先锋就是阳刚的俊男。

穿过很有层深感的村落，那条历史悠久的石级，坚韧顽强地钻进大山深处，给人“远上寒山石径斜”的印象，那里便是地势更高长年白云缭绕的小山村——九山，人们说九山由九座山峰环绕组成，或说山太高，需要九次休息九次等待方能到达，故人称“九等山”。如果你去九山，必定会上山一身汗，下山遍身凉。因为峻岭陡峭，即使寒冬腊月，漫天雪花，上山扛树或购物回家的人们，都会在路边石级上或树荫下，三五成群的小憩，个个都敞胸露怀，大汗淋漓；下山时候，则有浩荡雄浑的过山风，从那遥远的天边，从那两面深邃的幽谷溪涧，横贯山梁，你会体验到一种天风飘拂的轻盈快意，仿佛从天而降一般，衣袂飘飘，有一种来自仙乡的飘逸感。

九山，还不是最高的村落。那百亩原始竹林之上，就是著名的罗汉宕，“神仙掇石”如一只巨大的神鸟歇息在一面兀立的悬崖上，凌空展翅欲飞，繁茂的森林和浓密的柴草中，孤傲芳洁的君子兰和青碧诱人的娇嫩野茶，在呼唤等待着远方的游客。在那用原木造房和打家具的年代，这里常常有扛树的人群，弯弯的山路上，一根根红皮杉树和青皮翠竹，从人们的双肩上走出大山，走进千家万户，送给人们一片温馨的希望。还有竹林脚下青砖黑瓦、古朴庄严的山庙，也是善男信女们求神拜佛的理想场所，高僧老尼接待远方的香客，香气拂拂，木鱼声脆，钟磬悠长，传出一片虔诚而幽远的神秘况味。这里空气芳鲜，泉水洁净，环境幽雅，是一个理想的隐居或修行地。

我在朱湾工作的五年中，常常经过别河，穿过先锋，爬上九山，攀登罗汉宕，或春游或秋游，甚至炎夏或雪冬，都见过那里奇丽的景象。其中印象深刻的三次，下面我来讲给你听，或许能够唤起亲历者美好的回忆吧。

二

1985年深秋，朱湾实行五年级集中到辅小住宿学习的措施，目的是提高毕业班的教学质量，为朱湾中学提供优质生源。于是，我被指派与洪老师搭班，我们精诚合作，相处非常和谐。按照惯例，三秋大忙季节要放假。我在回家双抢之后，尚有几天空闲时间，家住藕池、洪河的几位学生邀我去游罗汉宕。我欣然答应。

天朗气清，金风送爽。

那天，我们早饭后出发，穿过白沙岭，来到洪河凉亭歇息一会，就开始向九山进发。蜿蜒盘旋的石级路，很快就将我们弄得大汗淋漓，也顾不得老师的体面，我脱下衣服搭在肩膀上，与学生们一路欢声笑语。第一次跟学生们零距离接触，学生们敬畏老师的那种胆怯感消失了，我们之间成了无话不谈的朋友，在大树底下或巨石岩前休息的时候，我也给他们讲述历史故事或讨论问题，学生们都静心聆听，敞开了心扉。我发现学生们既懂事又上进心强，都有一颗雄心，想将来干出一番大事来。由此可见，那时的山村家教还是严肃的，到处洋溢着积极向上的氛围。

我们经过两个多小时才到九山，在我的提议下，去看望看望洪老师。开始，学生们有点胆怯，因为老洪非常严格，有时候还体罚不听话的调皮学生。而现在不是在课堂，学生们就放松多了。我们来到老洪家，大堂厅只有梅开年同学在认真做数学题。开年见我们突然来访，满脸笑容起身迎接，我问老洪在哪里，他说去地里挖山芋了。开年是老洪最喜爱的学生，既聪明好学，又温顺懂事。除了平日关怀之外，在三秋大忙季节，还将学生带回家辅导作业，因为在即将到来的全县五年级数学奥赛中，老洪想出点成绩，所以，即使放假也毫不放松，现在还能找到这样的老师吗？几个跟我一起爬山的学生也深受感动。趁开年去地里喊老洪的当儿，我们顺手翻看作业本，已经做完四个本子了，这是第五本！短短一周时间演算了数百题啊！几个学生也非常震惊，觉得以后要努力学习，以开年为榜样。

很快，洪老师肩上挑着一担山芋，满头大汗回家了，立刻招呼我们茶水。在闲聊中，洪老师依然不忘记这几个学生的学习，要求他们以开年同学为榜样，将数学成绩提高上来。由于快接近中午，我们就在洪老师家吃午饭，嫂夫人贤惠善良，当时雪琼很小，张着一双水灵灵的大眼睛，看着许多陌生人。午餐有山芋粉丸子，有香菇烧腊肉，还有啤酒，非常丰盛。

午饭后，略做休息，我们就爬神仙掇石去了，开年依旧做作业，洪老师夫妇继续去地里劳作。山路盘旋缠绕，穿过翠叶纷披的杉树乱，又穿越柴草茂密的杂树林，终于来到一块平整的草地上，这里四周封闭，迎面兀然耸立一座陡峭的悬崖，悬崖的边沿上，一个巨大的石块，犹如一只伸出巨喙的大鸟——据说天要下雨时巨石还会晃动，总感觉随时要滚落山岩的样子，总之，给人一种惊心动魄的震撼。这巨石坐落在罗汉宕的峰巅，正好超出百亩原始竹林之上，要攀爬悬崖，就必须穿过这片竹林。

我们向峰顶发起挑战，先穿过竹林底部的一座半亩大的茶园，原是属于山庙的产业，现在归罗汉宕林场所有，这里春天的时候云雾缠绕，著名的罗仙云雾茶就出产于这里。林场大门此时是关闭的，我们绕到屋后，见到一条幽深的林间小道，四面都是浓荫蔽日的青色筼筜竹，最大的有四五丈之高，密密麻麻挨在一起，地上几乎看不见阳光的碎斑，即使竹林之外烈日如火，但是竹林里却凉意飕飕，满身大汗迅速消失了。落到地面上的竹叶日积月累，竟有一尺多厚，竹叶下面尽是肥沃的黑泥土，人踩上去就像走在海绵上，蓬松柔软，舒适异常。竹林几乎是生长在五六十度的斜坡上，要穿过并非易事，我们只得小心翼翼攀爬，不时看见因得不到阳光而枯死的竹子，来不及长成竹子就枯死的干笋，还有随处可以见到砍伐竹子留下的竹蔸，即使秋天了，竹林里还在冒出新鲜的竹笋，这是竹鞭在顽强生长时露出的新芽。竹林并不像想象的那样是百鸟的天堂，而是显得非常静谧，产生一种阴森森的恐怖氛围，仿佛那些神秘的黑洞洞的阴暗中潜藏着随时会扑出来的猛兽奇鬼。

好容易走出竹林，来到顶峰的脚下，又是一段非常陡峭的山路，大约百米之上就是那面巨崖。在山下看是一面矗立的悬崖，等爬上来一看，却是一堆乱石，石缝里灌木丛生，在石堆的缝隙中，隐隐约约有一些可以通过的“路”。我们终于爬上神仙掇石了，关于这山顶的乱石堆形成的原因，有一个古老的传说，我在罗汉双峰的故事里有描述，据说山脚下住着大蛇，与罗汉尖山底的大蛇为争夺两峰的排名座次而斗法，失败后山峰倒塌形成这样的乱石奇观。这里自然被人们想象成神仙居住的圣地，构造出“神仙灶”“神仙床”“神仙桌椅”“神仙托盘”等名目，以引发人们攀爬的兴趣。登上峰巅，万峰下伏，举头蓝天近，俯身白云低，浩荡雄浑的滚滚松涛，携带者无边的清凉，在这“神仙床”上躺着，真有一种羽化登仙的感觉。学生们经常来这里，自然听说了关于此山的各种故事，我们神游在大自然鬼斧神工创造的境界里，沉醉在故乡丰厚深邃的文化氛围之中。这是课堂上学不到的东西。我劝学生们将这次爬山的经历写成日记或作文，作为永久的记忆。

在乱石的西边，有一块簇生着映山红的悬崖，三面悬空，只有一面与巨石相接，正如白居易诗所说：“人间四月芳菲尽，山寺桃花始盛开。”现在已经是深秋，本来已经过了映山红的花期，但是，此刻却出现繁花盛开的奇景，一片紫色的映山红正绚烂热烈地绽放，浓郁的清香四处飘逸，沁人心脾。那花冠仿佛有人修剪过一般，像一面床单似的平整，足足可以承受得起一个孩子躺在上面。而此刻正有一人躺在上面，几个人劝他都不下来。原来学生们讨论我晚上去谁家吃饭发生了分歧，几个学生家就住在悬崖下面的山脚下，而那个躺在花丛的孩子叫朱国生，家在洪河，他坚持我晚上去他家。我用了很长时间劝说，他才下来。这时，已经到了夕阳西下的时候，西边的天空被灿烂的晚霞烧得通红，我们也该下山了。带着空前的快意和满足，我们像征服天险的英雄一般凯旋。

我们最先到达藕池的余百计家，他哥哥在大连海运学院读书，是我的好朋友，所以晚饭就在他家吃，藕池民风淳厚，家境也殷实，随时来客都能弄出一大桌美味佳肴来。用过晚餐，又被余成树拉进他家喝茶，并住在他家的全实木阁楼上，透过窗户，我看见满天的星斗，旁边的河水在静寂的夜晚哗哗流淌，仿佛唱着远古的歌谣，我很快就沉入了甜美的梦乡。根据学生们的约定，次日早上，先去李荣才家喝茶，再去朱国生家用餐。这样，四个学生都很有面子，我也享受到学生们的热情接待。从此，师生之间感情更加密切。

第一次爬神仙搬石的情景就是这样，我体会到山村农家对老师的深情厚谊，感受到学生们对老师无限的崇敬，因而也增强了要把学生教好的坚强信念。

三

1986年4月的芳菲时节，我有了二游罗汉宕的机会。

这正是我的新书柜做好之后，我的老同学求山哥哥，突然来信说要来观赏我的新书柜并春游罗汉宕，将携带一架海鸥牌的照相机，留下我们在大自然的倩影，那个年代自带照相机旅行还是非常稀奇的事情。我与求山哥哥是师范同学，又在安徽教育学院中文系的函授大专班再度同学，关系相当密切，记得我们有长达四年的通信记录，不知那些信件可收藏了不？对文学的共同爱好与对知识的共同追求，加深了我们的友谊。在我精神苦闷的时候，他曾经约我去畅游石钟山，看江西鄱阳湖湖口“江水西出而浊，湖水南来而清”的奇妙景观，去彭泽凭吊五柳先生的坟墓，让浩荡的江风吹散我心头的迷云，让滔滔的江水洗涤我内心的伤痕。现在，他要来山里看看，我自然喜不自胜。

他选择一个天气晴好的春日，坐车来到“入山居”小学，先在我房间住宿一晚，次日早餐之后，就兴奋地向九山进发。他也许是第一次来到真正的山乡，处处都感到无比新奇，那盘山旋绕的狭窄小路，穿过河道的石级，农家的牛棚猪圈，参差错落的黑瓦白墙，袅袅升起的炊烟，肩挑担扛的山民，田间地头的蔬菜，山间新生的竹笋，千姿百态的碧草鲜花，嘹亮悠长鸡鸣狗吠，等等，都感到新鲜有趣，大声赞赏简直就是陶渊明笔下的桃源世界。我说到了神仙掇石你才真正见到人间奇观。因此，他充满更加热切的神往。

他虽然生活在平原坂区，却也擅长走山路，一路上我们观山赏景，畅谈宏伟理想，展望未来的人生图景，还不时在蓝天与大山之间留下倩影。经过数次停歇，我们就到达洪老师家了，根据预先的约定，这次又要麻烦洪老师，需要在他家吃午饭。洪老师还是一如既往地热情相迎，烟酒茶水早就预备好了，还打算午饭后陪我们一起去爬神仙掇石。嫂夫人一早就准备了丰足的菜肴。

由于求山哥哥希望当天下午返回县城，所以坚持先去爬山。洪老师也就兴致勃勃带领我们出发了。还是上次那条狭窄的山路，左旋右转，很快就到达神仙掇石下面的草坪。求山哥哥面对矗立突兀而摇摇欲坠的苍崖巨石，情不自禁地发出李白面对雄峻陡峭的蜀道一样的一声惊叹：“噫吁嚱，危乎高哉!”于是，将悬崖摄入照相机的镜头，洪老师将我们送到这里，留影之后，就回家准备饭菜了。

我俩继续爬山，因为有去年的经验，所以我们很快就进入了百亩竹林，时下正是新笋抽叶的季节，笋衣遍地斑驳，娇嫩的新竹迎风摇曳，露出芳菲的倩影，与老竹的绿叶形成鲜明的对比，那些生长数年的老竹，此刻就像生完孩子的母亲一样，浑身轻松愉快，沉重低垂的竹叶开始慢慢变淡，渐渐抬起头来，仿佛吐出一口长长的气息，看着漫山遍野的新竹，老竹们要准备退场了。竹林就这样在年轮的时光里，不断地新陈代谢，吐故纳新，让这片茫茫竹林永葆青春的光彩。清亮的山风吹过竹林，绿叶沙沙作响，逐渐形成气势磅礴的竹涛，虽然没有松涛那样雄浑劲健、规模壮阔，却显得更加旖旎温柔，有如清亮透明的山泉洗涤过你的身心一般，让你觉得从身体到肠胃都清爽极了，满耳都是泠泠轻音乐似的，风中还不时飘来一股野兰花的幽香，那是一种奇妙的穿透心灵的香味。我们躺在竹林里松软的竹叶和笋衣之上，犹如躺在春天的怀抱里，大有身心俱化的幸福感。

穿过竹林，爬上了峰巅的乱石丛中，正如孟郊诗中所说“日月石上生”，拨开凌乱的柴草杂草，我们钻进了神仙们居住的极乐世界，享受神床的平坦舒适，抚摸神盘的光滑柔润，凭依神桌神椅的苍劲厚重，还手扶那掇放在悬崖边的巨石，留下一张张影像，不一会儿他带的两个胶卷就用完了。求山哥哥收起照相机，与我盘腿交坐在神仙床上，从石缝中仰望蓝天，片片白云如轻盈的鸟翼，缓缓飞过娟洁如拭的穹顶，飘向空阔无垠的天际；我们登上峰顶，遥望东边的钓鱼台湖泊，有如一枚翠绿的碧玉，镶嵌在青山峡谷之间；我们俯视脚下的竹林，恰似披撒着一张广袤绵柔的绿绸，随风轻拂；我们环视四周，万峰无不低伏，独罗汉尖傲立西极可与分庭抗礼，群峰犹如奔腾的波涛，充塞天地。啊，此刻，我们是最幸福的人，我们心中充满征服天地宇宙的气概，青春的激情如阳光一般豪迈挥洒，我们拥有春天的宇宙。

下山很快，在洪老师家吃过午饭，求山哥哥就带着疲惫的满足，返回县城了，他把一颗怀恋的心，永远留在了山里。罗汉宕，又记录下我们真诚的友谊。

四

1987年5月，我要三游罗汉宕啦！

由于工作需要，1986年9月，我回到故乡钓鱼台辅小教书。学校就在湖中半岛上，大约因为年久失修，房子天穿地漏，虫丝串串，操场被邻居家的猪们拱得到处都是坑坑洼洼，行走很不方便。我开始很绝望，但以重整乾坤的勇气，改造环境，跟邻居百姓约定：你们管好自己的猪，我们管好学生。这样学校与老百姓和睦相处，终于使学校面貌焕然一新。学生们由以前的消极厌学，变得热爱读书了。一个让周边百姓十分感动的举动是：我们班上开始模仿初中搞晚自习了！这是辅小从未有过的事。万事开头难，其实只有坚持做，也就习惯成自然。钓鱼台的孩子生活在水边，从小吃鱼比吃肉多，大都聪明灵秀，只要正确引导，就能产生巨大的爆发力。经过一学期的努力，班级出现空前高涨的学习热情，我将朱湾工作的那套经验发扬光大，取得了非常好的效果，这个班四十七人，在当年算是超大型班级，但后来证明，这个班出了洪柳、韦韦、红霞、旭霞、丽霞、才君、元松、咸丰等二十多个优秀人才，小学这一年留给他们终生难忘的印象。

这些印象里就有春游罗汉宕的壮举。要带领四十多个孩子去二十多里外的大山春游，即使按照现在的条件也是不容易的事情啊！我与搭班教数学的邓驷力老师精诚合作，光动员准备工作就进行了两周，让学生做足了所有的准备，包括携带水壶、预备午餐，甚至应急的常用药品，穿鞋着衣的细节，都反复强调，我还特意将学生按照一定的方式，男女搭配分成七八个小组，要求小组一起活动，相互帮助，如果在大山里万一有人掉队或出现问题，可以随时处理。

山 泉 流 向 远 方

钓鱼台的小学生从来没有举行过集体春游活动，因为这里是一个三面环水的半岛，极容易出现溺水事故。而我觉得让学生们走出教室，去亲近大自然，是大有裨益的。学生们都渴望春游早点举行。

终于等到一个春光明媚的好日子，我们浩浩荡荡向朱湾进发，这是我离开朱湾之后，再次上九山爬神仙掇石，洪老师得知消息，早早就准备好了午餐，我说学生多就不去他家吃饭了，但无论如何不同意。大约一年不见，积聚了太多的思念，我们相互倾诉，情深义重。洪老师还特地来到神仙掇石前加以指导。

这是一群多么可爱的学生啊！你看看吧，个个都是活泼可爱的小天使，他们在百亩竹林间散开，三五成群，严格按照事先的安排，分小组活动，有的在采集兰花，有的在用春藤编织花环，有的在捡拾枯枝预备生火热饭，有的在清澈的泉水边汲水，也有的在搜寻奇石，还有同学掏出笔记本记录着什么，大概是积累写日记的素材。总之，漫山遍野一片热闹喧阗的景象。这时，突然有同学报告："张晓涛出鼻血了！"我赶紧跑过去查看，这是班上最较弱的女生，也是她家最小的孩子，在家人呵护中成长，从未独立出过远门，更是缺乏野外经验，我最担心她，果然还是出了问题。但小涛很勇敢，很快就止住了流血，擦干血迹，又一蹦一跳地玩去了。还有红霞、旭霞姐妹俩，是我同事的妹妹，她们生活在圾区，这是第一次爬山，我担心她俩不适应，谁知这俩姐妹从小跟父母干农活多了，在山林里非常灵活，走路爬山，样样不落人后。最有经验的要算班长朱年生、副班长朱咸丰了，他俩家住同村，个子比较大，所以我让他们多多关照体质弱小的同学，他俩确实能干，不仅关心同学，还精心准备了小铁锤小铁凿，预备在石岩上凿字留念呢。还有那个张国宏，虽然精瘦，但能力超强，很多事情都是他一起协调才井然有序的。

总之，午餐结束后，我们集合了，还是分成若干小组，由国宏率领要向顶峰发起冲击了。由于攀登顶峰的路实在不好走，我劝像小涛这样体质弱的同学不要登顶，谁知小涛坚决要求上去，于是我就跟着她一起爬山，预备随时帮助。这是多么勇敢的一群孩子啊，穿过竹林，很快就有学生爬上神仙掇石了，他们在那里挥舞着旗帜，大声呼喊，后面的同学在喊声鼓舞下，也纷纷登顶，那些神仙床神仙桌椅上，神仙盘里，到处都是一边喘着气，一边坐着躺着的人，石缝中这儿露出一个头，柴草间那儿冒出一只辫子，女孩子笑脸红扑扑的，男孩子脸上汗兮兮的，大家都兴高采烈。忽然像有人组织似的，一齐呼喊："罗汉宕——我们来啦——我们登上罗汉宕啦——我们登上顶峰啦——"山鸣谷应，娇嫩而雄壮的童音，给这座伟大的山峰带来无限的生机活力！虽然那时没有照相设备，但是我相信这个人生最精彩的瞬间将永远镌刻在学生们的心里。这时，班长朱年生已经在石壁上凿好了一行字："钓小到此一游，1987年5月。"算是将这个永恒的瞬间镌刻在天地之间了。

我们带着征服峰顶的自豪，饱吸了天地山川之精气，饱览了壮丽秀美的风景，尽兴而归，完成了这次豪迈的春游。我相信：这是我们今生最美的相逢！春游罗汉宕将对我们产生深远的影响。

一个月前，有朱方玉、朱彤、曹少达三位宿松师范的毕业生来我班实习，实习结束的欢送会上，我朗诵了下面这首诗，算是我对罗汉宕最虔诚的礼赞。诗曰：

罗汉宕，你好！
你是顶天立地的男子汉
你是我精神的寄托
你为我屹立坚强的意志
你为我塑造雄伟的气魄
滚滚滔滔的松涛啊
是你为我演奏的轰鸣的壮阔
汹涌奔腾的群山啊

是你为我耸起的一座座巍峨

啊，罗汉宕，我向往你
你为我美丽了多少个晨昏
多少个晨昏因为你而美丽

罗汉宕，你好！
你是温柔甜美的母亲
你是我精神的慰藉
你为我树立成千上万的苍翠
你为我倾泻一望无际的绿色
美丽如绸的竹林哟
是你为我飘扬的裙裾
水平如镜的钓鱼台哟
是你为我荡漾的柔波

啊，罗汉宕，我爱你
你为我美丽了多少个梦境
多少个梦境因为你而美丽

罗汉宕，你好！
你是我忠实的朋友
你是我患难的旅伴
你用磅礴的语言
点燃我攀登的欲火
你用最险的飞石

三 游 罗 汉 宕

托起我矫健的双脚
你设计奇石迷宫
满足我惊喜的探索
你让那没有遮拦的天空
把我那狭窄的视野开拓

袅袅升起的岚气哟
那是缭绕我的欢乐
冉冉升起的红霞哟
那是装饰我的颜色
你召唤远天的风
为我擦干攀爬的汗水
你弹奏千山鸟鸣曲
为我舒畅压抑的心情
你喷射一万种芬芳
为我渲染神奇的理想

啊，罗汉宕，我爱你
你为我充实了多少希望
多少希望因为你而充实

啊，罗汉宕，你好！
我决不辜负你的殷勤
我将沿着崎岖的山路奋勇攀登
有你做我人生的第一个阶梯
何惧前途的峰峰岭岭

山 泉 流 向 远 方

如果某一天的晨辉里
有我登上顶峰的形象
那是因为你给了我力量
如果某一天的夕照里
有我走过的路通向远方
那是因为你给了我刚强

啊，罗汉宕
伟大的你！我真的爱你！
深深地，爱你
从你的肌肤
到你的心灵深处！
（1987年4月30日）

雪域九山监考记

“洁白的雪花飞满天，大雪覆盖着我的校园。漫步走在这小路上，脚印留下了一串串……”收音机里正播放着王洁实、谢莉丝演唱的校园民谣《脚印》，与眼下的情境最适合不过了。

你看，四周的群峰都隐藏在浓密的彤云之中，天空则像一个密不透风的无缝焊接的穹庐，笼罩在山顶。那漫天飘洒的雪花，虽然从鹅毛变成了细微的碎粉，但依然不紧不慢纷纷扬扬地飘落下来，好像九天的仙女用一个巨大的箩筛在筛着做年糕的细粉，已经整整三天三夜了，地上早就看不见一块裸露的泥土，农家房顶上的积雪至少有两尺多厚，梯田梯地只能见到一条条岸坝的轮廓线，其余全都混沌沌白茫茫的一片，那漫山遍野的竹木松杉一律低垂着蜷缩着，变成一堆堆仿佛画家用大笔泼墨皴染的蘑菇球。天地之间一片静寂，除了安静的校园里传出这应景的节奏轻快曼妙潇洒的歌声。

我兴奋地走出房门，哼着歌曲：“洁白的雪花飞满天，白雪覆盖着我们校园。漫步走在这小路上，脚印留下了一串串。有的直有的弯，有的深啊有的浅，朋友啊想想看，道路该怎样走，洁白如雪的大地上，该怎样留下，留下脚印一串串……”歌词的意境惹发对童年堆雪人打雪仗的美好回忆，于是来到大操场上，一面深一脚浅一脚在雪地上踩出脚印，那蓬松的积雪发出嘎嘣嘎嘣的脆响，那宛如厚厚被褥的雪地上留下我的一串串脚印，让我有一种拓荒开辟的快感；一面用双手和脸庞去迎接雪花，大有舒张双臂拥抱宇宙的架势，酣畅淋漓地追寻着那份纯洁无瑕的童贞。这时，从造纸厂背后的大路上，一前一后走来两个人，他们没有打伞，帽子上积着一些雪花，他们沿着行人的脚印，一边低头小心翼翼地前进，一边仿佛还在相互说着什么开心话。因为隔着五六十米远，不时传来一阵熟悉的带着一点天真无邪而响脆尖亮的笑声。哦，原来是马聚宝老师和小何老师，这么早就来上班啦！

他俩搭班教一二年级，马老师三十多岁，虽身材矮小却精干老练，为人谦和善良，正直无私，乐于助人，总是见人一脸笑，露出镶嵌的两颗金牙，笑的时候，眼睛眯成一条缝了。小何老师只有十七八岁，是一个热辣似火青春靓丽的美少女，刚刚任教一个学期，她是天然的乐天派，走到哪里，哪里就是一片笑声，她身上带着一种刚出校门踏入社会的毫无做作绝不油滑的学生气，既是逗笑取乐的天才，全校的开心果，可以没大没小地跟校长和主任们开玩笑，又是能歌善舞的高手，还是乒乓球的健将，她的入职给沉闷的朱湾辅小，带来空前活跃的气氛，所以大家每天都期待她出现在校园里。你看，这周末她竟然如人们所愿的那样出现了！原来，今天是本学期的最后一个周末，也是要开会决定期末监考事宜的日子。

为了提高教学质量，从这一年开始，期末考试要求校与校之间同年级调动监考，即是说辅小的教师都要下派到各村小去，这样既给各村小施加压力，也起到监督促进作用。由于连续三天大雪，下派村小很不方便，何况有的地方很远，道路还非常艰险。最远的地方就是九山村石日尖脚下的余湾分校，今年有三个年级共十几名学生，那余耀田校长要求辅小派三名教师监考。

派谁去呢？这么大雪天气，估计谁都愿意选择离辅小较近的地方，校长颇为犯愁。沉寂了好一会儿，那位善解人意的马老师自告奋勇地提出："校长，我是教低年级的，就派我去九山监考吧。"既然马老师主动请缨，那么小何老师就没有退路了，于是也说："我跟马老师一起去。"还缺一人呢，我正在犹豫不决，因为正在这里读书的弟弟要我照顾，加上那么远，所以很想在附近监考。这时校长将目光射定了我，但随即欲言又止地看看其他人，我知道他的意思了，加上小何老师也给我使眼色，于是我主动说："校长，我也去吧。"哈哈，好啊！三个老师主动申请去最艰苦的地方，精神可嘉，我表示深深的感谢！校长声如洪钟，满脸笑容，露出两颗金灿灿的铜牙。

因为从辅小上九山石日尖需要走几十里的山路，加上此时大雪封山，一天很难往返，所以需要提前一天赶去那里住宿，余校长既要安排我们三人的住宿，还要招待我们三餐的伙食，为了那十几名学生，可是下血本了。但那时的农村，还不像现在这样势利，老百姓还是非常乐于接待来自中心小学的贵客，家里富裕的人家，积极腾出客房，换上新的被褥，早就做好了准备。

吃过午饭，雪终于停了。我们整顿结束，由我和马老师携带试卷，从辅小出发了。我开始还有一点担心弟弟没人照顾，但校长承诺之后，我也没有后顾之忧了。走出校门沿着陈家岭的山路，穿过先锋村的那片气势宏大的松林，顿时感觉神清气爽起来，原来这野外的雪景才算天地之间的大美啊！高大威严的松树，现在树冠的枝叶上堆着积雪，沉甸甸地低垂着，但它们那粗壮嶙峋的躯干依然刚劲挺拔，令人想起"大雪压青松，青松挺且直"的诗句，不得不钦佩它们坚韧不屈抗击严寒的大丈夫精神。"岁寒然后知松柏之后凋"，孔夫子的著名格言，描绘出青松的刚毅品格，也为我们提供无穷的精神动力。我们缓缓行进在山梁的小路上，尽管不时滑倒，但三人有说有笑，开心极了。特别小何老师，她穿着一件粉红色的棉袄，钢青色的裤子，脚穿一双黑色的防滑靴，戴着浅黄色的绒线帽和花手套，既娇小轻盈，又热情如火，甚至还在平坦处小跑起来，又大声唱着《脚印》的流行歌曲，可以说心情舒展到最畅快的程度，原来，脱离了学校沉闷世故的羁绊，来到这广阔无垠的大自然中，身心无忧无虑，得到多么巨大的放松啊。马老师，一边低头在前面探路，不时提醒我们小心脚下，显出一副长者和保护者的姿态，一边说着他经历过的开心事，也是笑语联翩，情怀酣畅。

大约走了两个小时，我的脊背已经微微出汗了，于是解开封领扣，脱下帽子，问马老师："离九山还有多远呢？"

马老师回答："还早呢，你看前面的云雾之中就是九山的罗汉宕，我们要从九山小学那里的一条横排路，再穿好几个山梁和山坞，才到石日尖呢。"

我抬头一看，我的天呀！哪里看得见什么罗汉宕呀，四周都是白茫茫的一片，都快分不清哪是山哪是树了，这大山深处，万籁俱寂，像太古一般，既没有人烟，也不见飞鸟，大有"千山鸟飞绝，万径人踪灭"的意境，只在雪地上偶尔看到野兽飞奔而过的一连串印迹，才让你感受到一丝原始森林的气息，那茫茫雪野反射出刺眼的亮光，令人目盲而不敢久视。

这时，小何老师忽然说："要是春天，这里泉水潺潺，百花盛开，一片葱绿，还可以在山林间采摘舌兰花。"马老师也说："春天来罗汉宕采摘野茶和观看神仙掇石的人特别多，还有很多城里人专门来森林里采挖兰花。"于是，小何老师又情不自禁地唱起"我从山中来，采来兰花草……"的流行歌曲，随即又哈哈大笑起来，她那清脆尖亮的笑声在这大山里引起回响，山鸣谷应，仿佛传向了无穷的天际。我们三个在酷寒的雪域九山竟然肆意地展开春天的畅想，真可以说在茫茫大雪之中，我们描绘出了春天的景象，也就应了那句诗："既然是冬天了，春天还会远吗？"仿佛在我们的心中，春天正在姗姗走来，这不能不说是一种对生活的美好憧憬，也激发我一定要春游罗汉宕的愿望。

俗话说："伴行路短，独行路长。"尽管几十里山路，在无雪的季节至少也要三四个小时，而今天我们走了将近五六小时，但一路欢歌笑语，仿佛不经意之间就到了石日尖脚下，这是朱湾山谷间最深邃的一个大峡谷，山那边就是太湖县的地界了，海拔在八百米左右，那最高峰就矗立在小村背后，小村周围到处是高大挺拔的杉树、槠树、栎树，由于海拔高生长慢，所以都是建造房屋、制造家具的珍贵木材，而那丛生的灌木栎树则是烧栎碳的原料，此刻所有的树们都在沉重的积雪下沉默着，四野开始昏暗下来。

农民们依山建房，屋前溪水环绕，奇怪的是此刻天寒地冻，小河竟然还在流淌，并没有想结冰的意思，可见此处地暖丰富，难怪人们选择这里居住。天快黑下来的时候，我们终于到了学校门口，余校长早就等着了，一把握住马老师的手，热情地说："三位老师真是辛苦了！麻烦你们啦！"一面就招呼他的妻子张罗晚餐，马老师说："吃饭还不急，小吴老师没有穿靴子，他的球鞋可能湿透了，给他找双布鞋换一下吧。"余校长迅速从自家拿来一双灯芯绒暖鞋给我穿上，然后我们走进这深山的简陋校舍。

这是九山小学的分校，因为离本部较远，学生上学不方便，所以组长邀村民们合伙建立这栋三开间的房子，旁边的披撒做厨房和餐厅，房前起院墙，围起一块一百多平方米的空地，作为学生们活动场所。房屋建造结实耐用，尤其房顶的木料都是粗壮的杉树，椽条也是坚固的杉木做的，所以非常坚固安全，墙壁都用石灰泥涂抹，光洁干净，保暖性好，窗户都是罗汉松做的，非常端庄大器，总之，比辅小房子还要高级。这里有三个班，只有余校长一个老师，真是非常辛苦啊！

余校长一边说："条件简陋，三位老师多多原谅啊！"一边将我们带进餐厅，他夫人早就在杉木餐桌上摆起了两个大火锅，此刻炉子里栎炭火正发出赤红的光芒，铁锅里咕咕作响，腾腾地冒出热气，四周洋溢着醉人的香味。马老师一闻就知道锅里的菜，就说："哎呀！余校长太客气了，还有野山羊肉啊！"余校长接着介绍道："前几天刚刚猎获一头野山羊，还有几只野兔。那个锅里是腊肉炖蘑菇。"这可是过年的标准啊！这是辅小绝对吃不到的山珍野味，真的不虚此行！

小村组长和余校长夫人陪我们一起用餐，还拿出了瓶装酒，真是太客气啦！我是第一次吃到这野山羊和野兔肉，且山里人腌制的腊肉也独具风味，至今还念念不忘。饭后，小何老师安排跟校长妹妹一床，而我和马老师被组长带到了他家的客房，床上是两层的被子，还有一盆栎炭火。我们用热水烫脚后，就美美地睡着了。那真是非常畅快的一晚，在那个幽雅寂静、和睦温馨的小山村，在潺潺流水的陪伴下，我们一觉睡到大天亮。

吃过早饭，就开始考试。由于余校长工作认真细致，又是在家门口教书，所以学生们学得扎实，考试非常顺利。午餐之后，我们带着试卷，带着对大山的眷恋，带着对余校长的感激，沿着积雪的山路返回了辅小。

也因为这次监考的际遇，我从此与九山结下了不解之缘，不仅结识了很多终生来往的朋友，而且我的第一个杉木书柜、帮父亲定制的犁耙、建造房屋的树木、结婚的新床，甚至冬天烤火的栎碳、春天的罗仙云雾茶叶等，都来自这神秘的大山深处，更不用说罗汉岩那绝美的风景永远成为我心中永恒的记忆了。

而今，三十五年转瞬即逝，当年的余校长早已退休，马老师也是白发苍苍的老人了，小何老师和我也都是快退休的人，但那次雪域监考的往事，却时常萦绕在我的心头，历久弥新，迫使我不断追忆。因为，我们之间结下了深厚的友谊，还有在那个纯朴的年代，淳厚的民风乡情，人与人之间真诚相待，更是人世间的绝美风景。

一路温馨：疫情下的回国旅程

我们一家三口在韩国首尔团聚，度过了特别温馨的一个除夕，做了一顿简朴的韩式中餐年夜饭，吃着韩国海鲜，品着智利干红，饭后一杯故乡的“黄山毛峰”香茶，何等惬意啊！我们一边回复海量的祝福微信，一边观看手机春晚，一边商讨回国事宜，因我在韩国外国语大学的交流任务已结束，我们的签证也即将到期，加上对祖国日益强烈的思念，恨不得立即飞回故乡啊！

但风云突变，就像毫无征兆地陡降一场大雪那样，正月初一国内传来有关疫情严重的消息：首都取消所有的庆典活动，关闭庙会和大型公共场所！更严峻的是：武汉封城了！年前一直隐隐约约的有关疫情传闻终于被证实，我们陷入沉重的焦虑之中。大年初三，情况更加严重，我们收到航班取消的短信，万幸的是可以免费改签。于是，我们将2月4日的航班，改为2月10日。疫情并不按照我们的意愿很快就被控制住，而是传播速度非常快，情况越来越严峻：封城，封村，封路！国家号召居民待在家里，不要走亲访友，不要串门聚餐，不要去人流密集的公共场所！总之，一场规模浩大的新冠肺炎疫情阻击战拉开了帷幕，习近平总书记亲任总指挥，以党中央为核心，领导全国人民打一场应对疫情的总体战和阻击战，此刻，手机的消息都是关于抗击疫情的，还有关于购买口罩方面的，由于口罩严重缺乏，所以每天都会收到亲友要求购买口罩的短信，而韩国的情况也迅速严重起来，口罩价格一日三变，从初五的每个八元一路飙升到二十元，而且断货脱销！韩国口罩主要依赖从中国进口，谁也没有料到情况会变成这样，幸好那时韩国疫情还不严重，仅有几例确诊者，并没有引起国人的惊慌，更不存在封城封路的情况，我们每天都在密切关注疫情的发展，看着已经装好的六个大行李箱和七八个包裹，想到这次回国的旅程肯定充满了艰辛，但心里还是相信祖国的强大，更渴望早日回到祖国的温暖怀抱。

事与愿违，航班再次取消，东航已取消上千架次的航班，我们陷入了绝境！于是韩外大的老师和朋友们纷纷伸出援手，既劝说我们留在韩国等疫情结束再回去，又帮我们联系驻韩大使馆，要求签证延期。让我们意外的是大使馆电话总是占线，大概特殊时期要求延期的人太多吧。于是，我们决定：不能再给国家添麻烦了，根据航空公司的要求，改坐2月9日的飞机回国。

终于熬到了2月8日，我们一家彻夜不眠，因为国内的疫情超出了想象，更担忧即将到来的行程。好在韩国总统说“中国是我们的朋友”和外大“声援中国人民”的条幅，多少让我们感到一丝温暖，还有一些熟识的国际友人和学生都来送行，并护送我们去搭乘机场大巴，让我们感到欣慰。特别要提一下在延世大学读研的新疆姑娘嘉彤，她返回韩国隔离期刚满，就主动前来帮助我们提行旅，她戴着帽子和口罩，裹得严严实实，只能看到她一双美丽的眼睛，从她眼里闪动的泪花，我们感受到国外留学生的坚韧和温情。

就像预演的场景一样，全车人都戴着口罩和手套，车上人与人之间保持距离，上车都经过严格的消毒，我们终于到达了仁川机场候机大厅。这个世界最繁忙的机场，今天似乎异样：密集的中国游客少了很多，大厅显得比较空旷，但消毒相当严格，红外相机对准安检的关口，人们都戴上口罩，没有昔日熙熙攘攘的景象，安静而沉默。我们自然也受到气氛的感染，格外小心谨慎。

行旅托运结束，顺利通过安检，仿佛可以松一口气了，但候机大厅里人们稀稀疏疏隔着坐，神色严峻，气氛凝重，让人感到压抑，我们此刻唯一的希望是飞机准点起飞。这个每两分钟就起降一架飞机的机场，今日的中国旅客候机区，显得空前冷清，我们知道由于祖国疫情严峻，海外华人心情沉重，谁还能够笑得出来呢？与祖国同忧戚共患难的心情写在每个人的脸上，人们心里都在祈求祖国早日渡过难关，让回国路不再艰难！

终于登机了！空乘人员先来测量体温，接着全副武装的医护人员再次体测，确认全部乘客没有异常，才传来起飞的指令。飞机载着我们的希望和所有亲朋好友的祝愿，冲向蓝天，跨越海洋，经过两小时飞行，平稳降落在南京机场，正当我们收拾行旅的时候，又传来原地等候的指令，地勤人员再次给每个人体测。还好，一切正常，我们走向海关。今天临时增设两道安检大门，必须提交预先填好的健康状况表，才能来到“温馨国门等您回家——南京站”的大门前，再次接受医务人员的体测之后，方可走出大厅。繁忙的禄口机场，昔日人声鼎沸，今天则空旷寂静，我们既感到忧伤，也倍觉温馨，国家既要严控疫情的蔓延，又要关怀每一个归来的海外游子，多么不容易啊！

由于南京与芜湖之间的城际班车停运，我们行旅太多，乘坐高铁，风险极大，在安师大领导的关怀下，我们联系到一辆商务车，师傅早就在停车场等着我们了，坐上包车我们一颗悬着的心才最终落地。芜宁高速封闭，司机须从高淳经芜湖县才能进入市区，绕行一百多公里，师傅不避艰难，前来迎接让我们感到无比温馨，在进入鸠江区的高速路口，提交完行程资料并经过体测，我们顺利回到家中。

一路上，处处感受到祖国的关爱，享受到人们的帮助，我们深深体会到祖国宽阔的怀抱多么温暖！我爱我的祖国！

2020年2月28日

寄蜉蝣于天地——电影《寄生虫》观后感

今年韩国电影《寄生虫》获得奥斯卡大奖，疫情严峻的居家隔离期间，曾在网络热播，我在读书闲暇，也加入追剧者行列，看过该电影后，我的灵魂确实受到强烈的震撼，因为此前在韩国首尔工作生活了一年，对影片里韩国社会中下层人民居住的环境有亲身的体会，所以感触较一般人可能更为独特，因而浮想联翩，想说说自己的感慨。

这部电影的成功，首先在于电影描述的韩国社会生活具有强烈的写实性，展现的上流社会和底层社会的生活状况，都具有强烈的“寄生性”。那些高收入人群表面上看，住着豪华宽敞的别墅，享受着锦衣玉食，生活有保姆，开车有司机，小孩的教育都交给家庭教师，一切都是一副高高在上、舒心惬意的样子，似乎成为全社会羡慕的标杆，其实他们的生活并非田园诗那样的纯粹美好，他们是寄生在一群苦力之上的高雅的“寄生虫”，男女主人公虽然修养高雅，追求生活情调，但由于对底层社会缺乏了解，很容易遭人算计被人欺骗，落入别人精心设计的圈套；而他们的孩子则由于长期处于封闭的孤寂空间，尽管物质生活条件很优越，但精神世界则非常空虚，大女儿虽读高二却陷入与家庭教师的早恋而难以自拔，小儿子因受到过惊吓形成了精神障碍，需要家庭教师的所谓“艺术治疗”，总之，丰富的物质生活难以抚平孩子们内心因孤独寂寞而形成的创伤。

另一方面，下层人通过给富人提供各种服务，获得收入改善生活，也像寄生虫一样，依附在有钱人身上。更可怕的是：这些下层人五花八门，有一些本是高贵者由于生意失败为了躲避债务或逃避法律制裁而潜藏在地下室，靠窃取残羹冷炙而苟且偷生，也就是说在富人的豪华别墅之下竟藏着一个并不为主人所知的肮脏龌龊的“地下室世界”；另一些虽然正常地生活在阳光下，挣扎在贫困线上，但他们工于心计，利用男女主人公的单纯和善良，正在一步步挖空这所豪华住宅的根基，企图有朝一日取而代之。这两类寄生于社会底层的人们，为了争夺“地下室”的生存空间，竟展开殊死的搏斗。最终矛盾激化导致一场血腥的大屠杀，在男女主人公给儿子庆生的宴会上，尽管阳光明媚，芳草如茵，笙歌燕舞，觥筹交错，但是搏斗者的鲜血从地下室的暗处一直喷射到春光明媚的派对广场，最终男主人公无辜地被杀害，女主人公得到的是家破人亡的悲剧。尤其令人深思的是：在一场血光之灾以后，生活状态并没有改变，不过房屋易主而已，新的罪犯重新潜藏在不为人知的地下室，正在做着有朝一日再从地下走到地上成为别墅新主人的美梦。电影的结尾以一种超幻梦境的方式，暗示这种可能性的存在。这怎能不让富人感到一瓢冷水从头浇到脚一般的悲凉呢？所谓“高明之家，鬼瞰其室”，信然！

其次，这部电影在具体的描述中隐含深刻的象征意义。电影将社会矛盾浓缩在三个家庭上，实际上揭露了整个社会被一群高雅的和低贱的寄生虫所占据的事实。由此推而广之，来看待整个人类，作为高高在上的“万物之灵”的人类，也不过寄生于宇宙之间的一群小虫而已。古人所说的“寄蜉蝣于天地，渺沧海之一粟”，确实道出了人类的宿命。尽管人们对寄生虫的顽固与贪婪是鄙视和厌恶的，但谁都无法摆脱紧紧依附在社会躯体上的寄生性，因而我们每个人都不过是可怜的寄生虫，只不过寄生的方式千差万别，为了获得各自的寄生空间与位置，最终必将以狡诈的阴谋发动血腥的战争，通过残酷的杀戮或掠夺而结束，对以毁灭为结局的下层者来说固然不幸，但下层的毁灭并不能让上层者获得安全感和幸福感，往往因为下层的崩塌而灭亡，犹如地基不存，大厦必将倾覆。古诗中所说的“时日曷丧，予及汝偕亡”，揭示了低贱者与高贵者同归于尽的悲剧，难道还不能警醒人类吗？这部电影因为深层结构具有形而上的哲理性，揭示了人类的悲剧命运，应该引起人们对自身命运和未来社会结构的重新思考。

最后，我还想联系当前的疫情谈谈这部电影的现实价值。从人类演变发展的历史来看，显然仅有一百万年历史的人类远远不及有数千万年历史的细菌（包含病毒），尽管人类已经占据金字塔的顶端位置，但是随着人类的欲望无穷地膨胀，不仅助长了人类的狂妄自大，更激起人类控制整个宇宙的“雄心壮志”。以目前正在肆虐的新冠肺炎病毒来说，它们本来寄生在野生动物（如蝙蝠或穿山甲）体内，呈现出某种被抑制的状态，使世界处于和谐平衡之中，但是，人类的贪欲与无知，迫使这些浑身充满病毒的野生动物从山野洞穴走上人类的餐桌，最终导致泛滥成灾难以收拾的局面，一旦下层者（如病菌）的寄生环境遭到人为的破坏，必将引起上层者（食物链终端的人类）居住大厦的倾覆。人类在与病毒抗争的漫漫征途中，应该吸取教训啊！请惜福吧，如果能以一颗善良的心灵和众生平等的心态对待万物，将获得永世的安宁和福报啊！

2020年3月18日

后　记

一本书的后面，按照惯例，要有一篇后记。这是我的第二本散文集，我想说点什么呢？

首先，我想说说为什么要写作。这要从我读师范的时候说起。每个人年轻的时候都会有梦想。1979年，我十五岁考上了师范，正赶上改革开放的新时代，中国历史掀开了新的篇章，当年我们在书店排长队购买《人民文学》《小说月报》《北京文学》的情景，至今历历在目。人们如饥似渴地阅读文学作品，同学们不分日夜阅读张扬的《第二次握手》，在电影院里连续追看电影《庐山恋》和《少林寺》，挤进县城街道的店铺里听收音机播刘兰芳说评书《岳飞传》。在那个刚刚破冰解禁的春天，人们似乎从沉睡中苏醒了，与中国大地上蓬勃发展的经济建设相呼应，文学的春天终于到来了。我们正处在热血沸腾的青春期，虽然文化读物还很不丰富，但我们对文学作品的需求却非常旺盛。我们心中都有一个作家梦。

记得读师范二年级的时候，《陕西青年》杂志社，开始招收函授作家班，学费八元，跟我们师范的学费一样，这在当年是不小的数目。但对文学的强烈兴趣，让我毫不犹豫地将省吃俭用存起来的钱交了函授费用。我成了一名函授作家班的学员，认识了陕西师大的朱宝昌、马家骏等先生，抱着函授教材，我开始在课外自学中文系古代文学、现代文学、外国文学、写作理论等课程，长年订阅《陕西青年》《中国青年》《小说选刊》《星星诗刊》等杂志。同时也广泛阅读古今中外名著，到师范毕业时，已经购买了很多中长篇小说和诗集。特别是从表哥张灿华老师家里借阅了他珍藏的一箱世界名著，像《安娜·卡列尼娜》《悲惨世界》《战争与和平》《呼啸山庄》《静静的顿河》《少年维特的烦恼》《猎人笔记》等，在我的眼前展现出一个宏伟开阔的文学世界，从此之后，我工资的很大一部分都变成了古今中外的文学名著。

喜欢阅读，当然就要尝试写作。我写诗写小说写散文，兴趣广泛，但离发表的水平还很远，坚持了十年之久，终于没有任何成绩。为了生存，于是改弦更张，想通过考研来改变命运，又经历十年的艰辛，终于如愿以偿，当作家的春梦早已破灭，却意外地走进了古代文学研究的阵地。但是，在长达二十多年的学术研究生涯中，我心中的作家梦始终没有放弃，总想写点什么。我的古代文学功底薄弱，加上才疏学浅，故主要精力都集中在唐诗宋词的研究领域，但繁重的科研之余，也偶尔做小文以自娱。没有想到结集出版的散文集《遥远的青沙滩》（安徽师范大学出版社2016年版），竟意外地取得了成功。

那本书的写作时间长达二十年，出版的目的仅仅作为我们结婚二十年的纪念，为平凡的生活增添一点亮色。书中都是我人生各个阶段的真实记录，也就是叙述我如何从一个懵懂无知的山村农家孩子，因为渴慕知识、追求进步，在众多名师的引导下，一步一个脚印地通过漫漫长途的艰辛跋涉，最终变成一个大学教授的故事。这是一个没有特别值得夸耀之处的故事，却意外地引起很多同龄人的共鸣。我秉持“坚守善良，追求美好”的写作理念，客观地记录自己的奋斗历程，真实地描绘我故乡的美丽景色，同时也展现当年的时代特点。此书出版后，《中华读书报》第一时间发表朱菊香教授的长篇书评，予以很高的评价。著名文学评论家方维保教授给本书作序，称赞书中的文字“具有代入感”，颇能展现出我们这一代人如何通过读书改变命运，并由农村进入城市的人生轨迹。我的三十多年前的学生们，得知我出版了散文集，都奔走相告，不到一个月就被他们购买了一千多册！像创业成功的王训国（杭州云墨智谷的董事长）、朱金焰（上海步朗公司总经理）等，都把我的书作为励志教材，不仅家人阅读，还发给每个员工一本，据说产生了不小的影响。这让我十分激动。还有忘年交的朱仁

后　　记

宋先生，得到我的散文集后，竟然只用了三个晚上就读完全书，并说三十年都没有这样激动过，特别读到叙述他老同学朱任中的文字时，竟潸然泪下！他说从来不动笔，这次竟然写下了几千字的评论，让我惊愕之余更是无限敬佩。还有一个老家学生的父亲因为丧偶，晚年孤独寂寞，每天晚上都捧着我的书，看着书中描述的故乡，默默流泪。还有一个好友来信说，感谢我的散文集，让她父亲度过了一段艰难的日子，在她母亲去世之后，她接父亲到上海，她父亲每天都在读我的散文，回南京竟然要带上这本书，说以后再送回上海。我非常感动，于是快速寄出一本给这位黄显寰老先生，我们并未谋面，而他竟然如此喜爱我的文字，真的让我感动啊！为谁写作的问题，在这些动人的反馈中，让我明白了，只有为善良写作，才能赢得读者。

其次，就是关于如何写的问题了。就像条条大路通罗马，古人也说文无定法。我在阅读过程中，比较神往风格清丽、意境悠远的文字，加上故乡在杏花春雨的锦绣江南，所以在描述故乡风景人物的时候，尽力追求那种境界。在叙述经历的故事时，也常常带着理想化的色彩，拒绝那种低俗描写，不迎合时下的庸烂格调。为的是追寻心中那一片纯净的艺术天空，让我的文字能够溢出沁人心脾的芳香，能够激扬出一股积极向上的力量。这本小书呈现在读者的眼前，不知道能否达到我的目标，敬请读者指正。

最后，要感谢挚友方维保教授，在繁重的科研之余，欣然再次赐序，体现出我们之间真诚的友谊。感谢书法家黄圣炯书记，再次为我的散文集题写书名。感谢我的妻子，是她的善良让我写作，是她勇于承担全部的家务，才让我能够自由写作，她是每一篇文章的第一读者和评者，这本书应该再次献给她。

2021年4月12日

于第聂伯河边的乌克兰扎波罗热国立大学孔子学院